T0203447

Toda la soledad
del centro de la Tierra

Luis Jorge Boone

Toda la soledad del centro de la Tierra

ALFAGUARA

Papel certificado por el Forest Stewardship Council®

Primera edición: septiembre de 2020

© 2019, Luis Jorge Boone
Publicado mediante acuerdo con VicLit Agencia Literaria
© 2019, Penguin Random House Grupo Editorial, S. A. de C. V.
Blvd. Miguel de Cervantes Saavedra núm. 301, 1er piso,
colonia Granada, delegación Miguel Hidalgo, C. P. 11520, Ciudad de México
© 2020, Penguin Random House Grupo Editorial, S. A. U.
Travessera de Gràcia, 47-49. 08021 Barcelona

© Diseño: Penguin Random House Grupo Editorial, inspirado en un diseño original de Enric Satué

Printed in Spain – Impreso en España

ISBN: 978-84-204-5455-9
Depósito legal: B-8120-2020

Impreso en EGEDSA, Sabadell (Barcelona)

AL54559

Penguin
Random House
Grupo Editorial

para Eduardo Antonio Parra

La muerte da miedo, pero la vida mezclada,
imbuida en la muerte, da un horror que
tiene muy poco que ver con la muerte
y con la vida.

Inés Arredondo

La población estaba cerrada con odio
y con piedras.

José Revueltas

Ándale.
Salte.
Ve a jugar.
Tú y los demás.
Todos.
Dejen de estar chingando un rato.
Un ratito nomás.
Pero
Por lo que más quieras
Me decía
No te desaparezcas.
Nos decía.
A todos.
No se me desaparezcan.
Por lo que más quieran.
No te desaparezcas, mijo. No se desaparezcan,
hijos.
Hijos de la chingada.
Porque eso son.
Unos hijos de la chingada todos.
Pero no se me desaparezcan.
No te escondas tan bien.
No se escondan tan bien.
Porque después nadie los va a encontrar nunca.

Y antes de ir a hacer lo que te están diciendo que no hagas, piénsalo: nadie, nunca.

Era lo que más me sacaba emociones del cuerpo.

Quería esconderme tan bien que nunca nadie me pudiera encontrar. Y ahí era donde la abuela decía que había que tener cuidado.

Aguas, decía Güela Librada.

Me acuerdo que eran muchas mis ganas de lograrlo. Pero si lo hago, también pensaba en ese entonces, si me alejo tanto, si me hundo dentro de las cosas, si me pongo detrás de tantos muros y atravieso todos los baldíos, nadie va a saber nunca dónde estoy.

Cuando nos quiere cuidar, a sus nietos que jugamos en el solar detrás de la casa, la voz de la abuela se escucha amenazante. Grita advertencias cuando pasamos en bola y corremos a escondernos detrás de los nogales de hasta el fondo, allá donde el patio se vuelve oscuro, tantito antes de la cerca de estacas y el alambre de púas que puede uno brincarse fácil.

Más allá está el patio de los vecinos. Después una casa que ha estado vacía desde antes de que yo naciera. Luego la calle de tierra que conduce al despoblado. Unos kilómetros adelante está la carretera. Y ahí empieza el desierto.

Ahí estaba yo. Caminando hacia el norte. La puesta de sol me quedaba a la izquierda. Los camiones, los autobuses, los tráiler pasaban hechos la madre a la derecha. Iban y venían. Hechos la raya para llegar, hacer sus cosas y regresarse. Dibujaban figuras, en ambos sentidos, en el aire que pronto se olvidaba de ellos. Podía haberme pasado al lado contrario y pedirle rai a la gente que iba por el otro carril. No me atreví. Para qué. Estaba seguro de que lo mejor era caminar. Andar despacio, casi sin darme cuenta, avanzar y ya, sin querer llegar más pronto nomás porque se podía. Pensaba seguir así hasta la noche, cuando ya no fuera posible ver en la oscuridad. Ya después pensaría en qué más hacer.

Me quedaban unas horas de luz. El sol estaba indeciso entre irse o quedarse. Se asomaba entre las copas de los árboles, unos más altos y otros menos. Imaginaba que eran los dientes de una boca. Una que se abría de un lado al otro del cielo. El mundo era su bostezo largo largo, tan largo que nunca se alcanzaba a cerrar.

El sol flotaba entre los dientes disparejos de las ramas más altas, de las montañas a lo lejos. Como si el cielo nos sacara la lengua a todos. Una lengua de fuego. Una cara que se burla. Ya me fui. Siempre no. Lero lero. Lo miraba por encima de los árboles disparejos. Crecían como dios les daba a entender. Los árboles que rodeaban el camino eran manos con dedos muy largos que se alzaban por el aire, se dispersaban y perdían una forma que apenas iban encontrando.

¿Y las nubes?, ¿qué hacen las nubes en la boca del cielo?

Se hizo de noche y el cielo dejó de sacarme la lengua. El sol es esa lengua que no deja que nadie la vea de frente. Se burla porque te hace bajar la cabeza. Cuando la tarde se cierra, de la luz sólo queda una cinta que se aprieta cada vez más contra el horizonte, ilumina las montañas desde el otro lado del mundo. La oscuridad también es una burla que nos hace el sol, la última del día, porque sin él no podemos ver nada.

Venían,
agarraban a unos
y a otros,
los trepaban
y nadie los volvía a ver.

Yo era el mejor para jugar a las escondidas. Una vez me crucé por debajo de la cerca y me metí en la casa de atrás. Atravesé los cuartos que todavía guardaban algunos muebles. Una mecedora muy vieja de madera; un sillón despanzurrado con los resortes de fuera; una mesa que nomás con tres patas no se le veía el modo de caerse. Todo estaba cubierto por una piel de polvo que los hacía parecer quebradizos, igual que las imágenes antiguas de los cuadros arrugados, quebrados en mil papelitos, que adornaban las paredes de la casa de Güela Librada.

Toqué una cortina que aún intentaba cubrir una ventana con el vidrio muy sucio y la tela se rompió. Parecía una telaraña.

Subí las escaleras con cuidado, no me fuera a caer por uno de los escalones que faltaban. Me quedé quieto detrás de un ropero que encontré en una de las recámaras.

Oí las voces de mis primos que se acercaban y tuve miedo de que me encontraran, de no ganar, de no ser el último al que encontraran. Es que eso era yo. El que se podía volver invisible. Cuando mis primos perdían, a veces me lo reconocían, algunos haciendo coraje, otros deveras admirados de mi superpoder. Me sentía superhéroe.

Unos vuelan, pensaba, otros destruyen una ciudad entera con un solo golpe. Yo desaparezco. A mí nadie me encuentra.

Apenas oí que las voces se acercaban, me metí al ropero.

La puerta rechinó. Hizo el ruido de los viejitos a los que les duelen los huesos al caminar. Cuando Güela Librada se levanta de la cama muy temprano después de una noche de sueño, es como si las bisagras se le fueran a quedar a media maniobra. Hasta ahí doy, hijas, les dice a mi mamá y a mis tías cuando tratan de ayudarla, que ya no me responden ni las puertas ni los cajones.

Era más pequeño por dentro de lo que parecía por fuera. ¿Así serán todas las cosas que asustan?, me acuerdo que pensé. ¿Será por eso que asustan, porque nos hacen creer que son lo que no son?

Me metí, me senté como pude. Cerré.

Al principio me costaba respirar. El aire estaba sucio, olía a viejo, el polvo me picaba. Luego ya no tanto. Tal vez el polvo se asentaba más rápido cuando no había la luz. En los ojos se me fue apagando ese recuerdo delgadito de los últimos colores que ves antes de entrar a lo oscuro. Cuando se me agotó la luz detrás de los ojos empecé a sentirme nervioso. Para no olvidar dónde estaba, pegaba mis manos a las paredes del ropero. Temía imaginar que caía por un pozo oscuro, o que estaba dentro de un solar tan tupido que los árboles no dejaban distinguir el cielo. Tengo mucha imaginación. Y mucho de cualquier cosa hace daño. O eso dice la gente.

Pasaba las manos por la rugosidad de la madera para recordar que detrás de ella seguía siendo de día, aunque yo no pudiera verlo. Aguanta, es por una buena causa, repetía dentro de mi cabeza.

Dejé de escuchar las voces. Me di cuenta de que tenía pegados los hombros al cuello, y que me dolían. Traté de dejar de apretar los músculos de las extremidades, de relajarme. Me llené de aire el pecho, varias veces, hasta que me sentí mareado.

Los nudos del cuerpo no se me soltaban.

Recargué la cabeza. La pared era dura e incómoda, pero era lo que había.

Después de un rato me quedé dormido.

De tanto que llegaban las camionetas
no iba a quedar nadie en el pueblo.
Eso llegamos a pensar.
Por vida de dios.
Creímos que no quedaría nadie vivo para contar
    lo que pasó
esa semana
en la que el caserío se fue quedando solo
y solo
y solo
y
cada vez
más solo.

Ese día impuse récord. Un día completo escondido en el ropero. De tan cansado que estaba dormí varias horas. Salí cuando el juego hacía mucho que se había terminado. Todos siguieron buscándome otro rato más, pero ahora iba en serio. Gritaron mi nombre, le avisaron a Güela Librada, a mis tías. Todos prometieron que me iba a ir de la fregada cuando apareciera. Pero pedían que apareciera. Nomás no me hallaban.

La verdad es que no me la pasé tan mal ahí dentro. Después de un buen rato empecé a sentirme seguro. Ahí dentro era el dueño de mi propio mundo, chiquito y secreto. Podía quedarme para siempre si me daba la gana. Nada iba a poder lastimarme nunca si decidía no salir nunca.

Primero me buscaron debajo de las camas. Alguien se subió al techo y revisó los tanques de agua. Se asomaron detrás de cada árbol, rodearon cada esquina.

A la primera que vi cuando entré a la sala fue a Güela Librada, y supe que así de gacho me iba a ir. Estaban mis tías reunidas, todas con la misma cara de preocupación, haciendo como que tomaban café, pero en realidad nada más dejaban que se les enfriaran las tazas en las manos. La mera mera de la casa me gritó que ya ni la chingaba, que ella se había pasado toda la tarde como pendeja, de casa en casa, preguntando a los vecinos, cruzando la calle, de un lado a otro, poniendo cara de tarada, sintiéndose ridícula, recibiendo la misma respuesta: "No, Libradita, no hemos visto al Chaparro desde ayer", "si lo veo le digo que lo anda usté buscando", "estos güercos cabrones que se salen", o "gracias a dios desde antier", y jajaja, risas falsas de ella, gracias, y risas de a deveras de ellos, y a esperar que se le bajaran los colores de la cara para tocar en la puerta de enseguida, y mejor hasta ahí, porque aunque los nietos podíamos andar jugando por todo el pueblo, a últimas nada más nos dejaban jugar de la casa hasta la tienda de don Seras, donde podíamos, si traíamos con qué, comprar un refresco, unas papas, y regrésate, pero sin correr, no hay prisa, porque en cuanto llegues a la casa, de puras pedidas de los que no traían para comprar te ibas a quedar mirando.

Todavía se había asomado a las canchas de la escuela, al edificio de cemento donde nos daban clases a todos, y que quedaba en dirección contraria a la tiendita. Y nada.

Qué te crees, me gritó más fuerte.

Quería ganar.

Se me quedó viendo, con la mano alzada, abierta, apretados los dedos, lista para dar el primer guamazo.

Es que siempre gano. Ésa la tenía que ganar.

Me cruzó la cara. Una cachetada bien puesta, de las que arden. Y aunque pensé que debía ser yo el que lo hiciera, fue ella la que se echó a llorar.

Pues ganaste, dijo Güela Librada.

Ni tenía que decírmelo. Había ganado el castigo. Me mandaron a mi cuarto sin cenar. O sea al cuarto en el que duermo con otros cuatro de la primada.

De camino, vi la admiración que les abría los ojos a mis primos.

Sí. Esa vez gané. Por chingos.

Los que nos quedábamos, nos encerrábamos,
nos callábamos, nos quedábamos quietos,
    apretábamos los ojos porque no nos parecía
    suficiente cerrarlos.
Queríamos que se nos perdieran dentro de la
    cabeza.
Dejábamos de pensar, guardábamos silencio,
    de ese que luego parece que dice muchas más
    cosas que las palabras.
No podíamos hacer nada. ¿Como qué? ¿Y como
    para qué?

Ahora podemos contar lo de las camionetas.
Llegaban con las cajas vacías.
Unos dos o tres hombres arrecholados en las
    cabinas, armados como para la guerra,
empistolados como para echarse a quién, a tantos
    y por qué.
Salían del pueblo con los muebles cargados.
En las cajas llevaban a nuestra gente.
Se iban,
cargados con nuestro desconcierto y nuestro
    miedo.

Luego ya tuvimos prohibido jugar a las escondidas.

Es que luego ni una ni nadie sabe dónde andan, nos dijo Güela Librada, sin esperar ninguna respuesta de la bola de nietos, fijando sus ojos por un segundo en cada uno, antes de pasar al siguiente para fulminarlo con esas miradas suyas a las que sus hijas les decían *las de marcar caballos*.

Tardó un buen rato en repasarnos a todos. Catorce morros. Una pandilla a futuro. Una manada de changos. Bueyes suficientes para seis tiros y sobran dos, porque el Chaparro echa a perder la cuenta. Así nos describía Güela Librada.

Y ni una niña, ni una, se lamentaba como siempre.

Con su dedo largo y huesudo señalaba la puerta del patio y nos mandaba:

Cada quien a chingar a la que le toca, y órale, dejen de estorbar.

A veces me ponía a pensar que tal vez ella era la culpable. Ella era la que había parido seis mujeres al hilo. Y ningún varón. Se quejaba por su lado el abuelo, dicen que así decía, ningún varón, como si en vez de su descendencia hablaran de gente de sangre azul a la que nunca iba a conocer.

A ese abuelo todos los nietos lo alcanzaron, aunque haya sido poco tiempo, unos meses en el caso de los más chicos. Nomás yo no.

El chiquitito. El enano. El baboso. El Chaparro. El único que no lo conoció.

El único de todos que tampoco conoció a su padre.

Al que lo abandonó su madre.

El mayor era Arnulfo, que tenía el mismo nombre del abuelo. A sus diecisiete años a veces salía a trabajar, cuando alguien en el pueblo necesitaba un ayudante, un cargador o un peón, pero así, a la desesperada, algo de eso pero con no muchas habilidades y un carácter de la chingada. Y para esas estaba Nulfo.

Las edades de los demás iban de bajada, como las faldas del cerro. Quince, catorce, trece, doce, once, diez, y yo nueve, casi diez, en unos meses, ya merito. Aunque siempre me dicen que parezco de ocho. Por eso soy el Chaparro.

Nulfo no jugaba con nosotros cuando salíamos al solar. Sólo buscaba un buen lugar para echarse, se cubría la cara con la cachucha y nos ignoraba hasta que se quedaba dormido. O hasta que se hartaba y nos empezaba a molestar.

Al principio vinieron nomás por las familias.
Mujer,
hijos,
el padre y la madre.
Y, muy de pasada, el pariente con la negra
fortuna de vivir cerca, ahí junto en
alguna de las casas que tuvieran la marca.
Fue para hacerlos salir, pero a los alacranes les
vino valiendo.
Dejaron que se los llevaran, ni un dedo
levantaron, menos juntaron los huevos
suficientes para abrir el hocico y decirles que
se detuvieran, que ahí estaban, que el pleito
era con ellos.

Toda la gente de estas regiones sabe que a medida que uno se acerca a Los Arroyos hay cada vez más árboles. Es un oasis en el desierto. Eso dicen en el pueblo, y siempre que los oigo me pregunto por qué no nos venimos todos a vivir acá. Allá es reseco y jodido. Jodido por reseco, o reseco por jodido, no sé bien qué fue primero si el huevo o la gallina, y creo que nadie sabe, pero alguna relación tienen las dos cosas para que la gente lo diga así.

Es que aquí lo que la tierra da son puros problemas. Ni maíz, ni frijol, ni tomate ni nada. O casi, porque da poquito de algunas cosas. Y eso, en los campos que todavía se siembran, porque la mayoría se han ido quedando abandonados, ya casi todos los hombres se han ido al otro lado; entendieron que sólo con dólares conseguirían mantener vivas sus casas y a sus familias. Supieron que el lugar donde nacieron nunca será un oasis. No hay suficiente trabajo en el mundo que pueda convertir a Pabellón en lo que nunca ha sido.

Nulfo dice que él no se va a ir nunca de aquí. Del pueblo sí, apenas tenga con qué. Pero no del desierto. Tiene otros planes. Dice que él no va a ser el sirviente de un gringo. Que él va a ser un jefe, que va a ser de los meros meros que mandan.

Cuando nos cansamos de andar brincando por el solar como chivas locas nos juntamos debajo del nogal donde el mayor de la primada se echa a descansar, a soñar con los ojos abiertos, y nos cuenta lo que va a hacer en el futuro, nos lo avienta a la cara más bien, como escupiendo las palabras, con coraje y orgullo, con fuerza, para que no se le vayan a quedar atoradas, como si no fuéramos nada más que una bola de morros sedientos pero negados a meterse a la casa ni por un vaso de agua, no vaya a ser que no nos dejen salir otra vez, sino más bien como si fuéramos los adultos que lo parieron aquí, que lo condenaron a vivir en un pinche pueblo miserable.

Camionetotas chingonas, decía. Un resto de feria, se enriscaba el poco bigote que le salía. Viejas bonitas y buenotas de piernas, nalgas, tetas, y se le hacía agua el hocico. Botas de piel de víbora, cinto pitiado de los caros, camisa a cuadros con madre, lente oscuro, todo de marca, importado, presumía por adelantado, ya bien echado a andar.

Ustedes están bien pendejos todavía, no entienden, nos decía. Pero van a querer lo mismo cuando crezcan, cuando la vida les quite las lagañas.

Decía que lo bueno es que todos nosotros teníamos opciones, que había para dónde correr. Ya no es de a huevo irse al gabacho a dar lástimas. Se puede ser alguien acá. Alguien importante. No aquí aquí, aclaraba. Ni madre. Hay que zafarse y aprender a brincarse la cerca. Pero aprendan a ver un poquito más allá de sus narices mocosas, ahí, ahí nomás, ahí está la lana pal que quiera. ¿Quieren, quieren? Ahí me avisan, porque para cuando sepan que también quieren esto de la vida, yo ya hace mucho que me habré ido. Y allá mero es donde me van a encontrar.

Los mataron. A todos.
Seguros estamos de eso, aunque no hayamos visto
    los cuerpos.
¿Para qué queremos verlos? Eso se sabe.

No hay que ver el pozo recién tapado en el
    panteón para caer en el entendimiento de que
    hay muerte nueva cerca.

En el pueblo, las casas vaciadas así tan de pronto
    han tenido que ser tumba suficiente.

Siempre hay alguien que sabe dónde estás. Tiene que haber.

Güela Librada sabe dónde está Güela Librada.

Yo sé dónde estoy yo.

Nulfo sabe dónde está Nulfo. A veces.

Alguien estaba en la mecedora del porche.

Alguien andaba en la pura pinche calle, toda la tarde, decían mis tías.

Alguien anda en la carretera, de noche, caminando rumbo al pueblo que dicen que es donde viven mi papá y mi mamá.

Era yo. En la mochila que llevaba colgando en la espalda, traía un paquete de galletas saladas, dos mandarinas y media botella de jugo de guayaba que hallé en el refrigerador, estaba hecha paleta, pero se derritió al poco rato de agarrar camino. Llevé puras cosas que estaba seguro de que nadie iba a extrañar. Cuando me alejaba de la última casa, se me ocurrió que podría regresarme a la tiende de don Serafín y pedirle fiado. Papas, cocas, dulces. Pensé que después, cuando regresara de Los Arroyos le pagaría. Mi papá, ahora que lo encontrara, no iba a decirme que no si le pedía unos pesos.

Me aguanté las ganas de dar media vuelta y seguí caminando.

No quise sentir la tentación de arrepentirme si entraba otra vez al pueblo. No quise mirar atrás. Puro para adelante. Allá había algo mejor. Allá las personas vivían de otra manera. Allá podía ser otra cosa, otra vida. Una vida mejor.

Don Seras es ciego. Ni ve nada pero oye todo, según dice. Yo lo he visto cómo mueve poquito la cabeza, a un lado o a otro, depende de dónde venga el ruido, para percibirnos mejor cuando alguien entra a la tienda. Es igual que cuando nosotros, el resto del pueblo, volteamos los ojos para ver de frente. Hasta se me hace que se le mueven las orejas, poniéndosele al tiro como antenas parabólicas para recibir mejor las señales, de esas que hay en algunas casas del pueblo para ver programas gringos.

Ya te vi, nos dice cuando nos acercamos, y echa al aire una sonrisa.

Es ciego pero desde antes de que pasemos por la puerta ya sabe de quién se trata.

Si sabe dónde están los otros, aunque no los vea, cómo no va a saber dónde está él. Es ciego, nomás, no está muerto. Porque nada más los muertos ignoran dónde están.

Que les debíamos, eso dijeron cuando se
  dignaron a hablarnos.
Por qué, preguntábamos con la mirada, sin sacar
  la voz. Por qué.
Así nos cobramos, para que aprendan, para que
  todos lo vean y a nadie se le olvide.
Y acto seguido rafagueaban las casas que
  acababan de dejar solas. Hacían saltar el
  yeso y el enjarre, los disparos se metían hasta
  el mero block, lo quemaban por dentro.
  Quedaban cacarizas las fachadas, los colores
  infectados de viruela, pedacitos pálidos de yeso
  venadeado.
Y eso para qué, nos preguntábamos sin voz, y
  parecía que nuestros pensamientos eran tan
  fuertes que se alcanzaban a oír por fuera de
  nuestras cabezas.
Para qué tanto tronar de balas. Ese desperdicio,
  señores, es pura burla suya.
Luego supimos. Eran marcas, señas para su
  propia gente, la otra, la que habría de llegar
  después.
Tac-tac-tac-tac-tac-tac…
Manda el jefe que de esto no quede ni el
  recuerdo.

Don Serafín dice que de todo el pueblo el que hace menos ruido soy yo.

También dice que ahora que uso tenis hago mucho más, pero que cuando estaba más morro y andaba descalzo para todos lados, siempre lo agarraba por sorpresa.

Nomás tú, nadie más, bien raro.

Me acuerdo cuando jugábamos en la placita, a pleno mediodía, un partido tras otro de futbeis. No conseguíamos por ningún lado un palo que pudiéramos agarrar de bate y le empezamos a pegar a las pichadas con el pie. Tampoco teníamos pelota dura, así que la armábamos con las de plástico que sacábamos ya medio desinfladas, de muchos colores; estaban bien de todo modos, medio guangas para que no volaran muy lejos y no tuviéramos que andarnos atravesando las calles para recogerlas. Además, no se anotaban tantas carreras, se ponía más reñido y todo era más emocionante.

Ahí andábamos, pateando y corriendo las bases. Las marcábamos con piedras lajas que luego escondíamos detrás de los arbustos al lado de la iglesia, para ocuparlas en el siguiente partido.

El calor nos calaba al principio en las plantas de los pies. Las piedritas se te encajaban. Los vidrios y los clavos se te metían bien adentro, y más si caías con todo tu peso sobre alguna punta de esas mientras ibas corriendo. En algún momento todos los niños chiquitos llegaron a su casa con un pie chorreando sangre, saltando de cojito, llevado de cuervito por los dos jugadores más grandes del equipo, o sea con los brazos abiertos y en calidad de bulto, grite y grite que les dolía, llorando.

Todo ese maltrato nos hacía callo. La piel se engrosaba, se volvía resistente, y al rato ya no sentías la quemazón del cemento ardiendo, recalentado por el sol. Ibas por la calle de tierra, por las banquetas, hacías carrera en la plancha de la placita como si nada. Hormigas en comal, nos decía Güela Librada. Traen zapatos de cuero de marrano, decía.

Pero luego empezaste a usar tenis americanos, de jugador de basquetbol, y con esos te oigo rechinar desde que te levantas de la cama en la mañana.

Pensé que don Serafín podía oírme caminar por la orilla de la carretera. Me detuve y di media vuelta. Ya no se veía nada del pueblo. La luz se iba yendo y cada vez alcanzaba para iluminar menos cosas. Me di media vuelta de nuevo y vi que la oscuridad empezaba a tragarse el camino de ida. Más al rato sólo alcanzaba a ver, y muy apenas, el pedacito de suelo que pisaba.

Primero andaban que muy machines, se
   paseaban por estas calles polvorientas jurando
   que ahora sí les había hecho justicia la
   revolución, entraban a las cantinas riéndose
   y preguntando que a quién le debían
   para pagarle en dólares, estacionaban en
   lugar prohibido el camionetón loco, pateaban
   puertas con las botas, nuevecitas, de piel
   y vigilaban el horizonte con lente oscuro.
A los alacranes esos no los hemos vuelto a ver.
Que el poder, que eran los indiscutibles, los
   meros chinguetas del pueblo, de éste y del
   que sigue, de toda la región para acabar
   pronto.
Movían, mandaban, disponían, gritaban
   por radio, cobraban, se clavaban lo justo
   y le hacían las cuentas al jefe, nomás a él
   en persona. Por sus manos santas pasaba
   merca y lana. Que la policía les servía
   para dos cosas, que con los demás se
   la medían donde y cuando fuera, que rifles de
   asalto, lanzagranadas, que cachas de oro,
   de cuerno de venado, monograma, herraje,
   cinto con hebillota, botas picudas y patadas,
   anillos de oro y chingadazos.

Es cierto: nos acostumbramos a ellos, muy rápido
a sus jueguitos de mierda, a no decir ni pío,
a su prepotencia que casi nunca se pasaba
mucho de lanza, y, también es cierto, a su
dinero, a su presencia en cada calle, cada
oficina, cada rancho, a su forma de hacer las
cosas.
Si se quieren sentir los dueños, que se sientan,
pensamos, que al cabo no hacen más daño
que los demás.
Los dejábamos.
No era que tuviéramos tampoco un chingo de
opciones.
Total.
Iba bien la cosa.
Hasta que dejó de ir.
Y empezó lo mero malo.

Un día le conté a don Seras que yo era el mejor jugando a las escondidas. Le conté de la vez que me escondí un día entero y que ese récord nadie lo iba a romper ya nunca porque Güela Librada nos había prohibido volver a jugar a eso.

Él me escuchaba con paciencia, parpadeando inútilmente sus ojos blancos, haciendo gestos que delataban sus expresiones sólo con la mitad de la cara. O, más bien con algo así como la mitad de la cara. De la nariz para abajo torcía la boca y la estiraba para sonreír, y de las cejas para arriba, arrugaba el ceño o alzaba la frente en señal de interrogación. Sólo en el antifaz que le cruzaba sobre los ojos, como una venda sin gestos, yo no alcanzaba a descifrar ningún sentimiento, ni una señal de vida, como si la muerte que tenía en los ojos se le extendiera a los alrededores que los guardaban y les marcaban sitio.

También le conté que si yo fuera un superhéroe mi poder sería volverme invisible.

Se quedó muy serio, rumió un pensamiento y dijo:

Bonita chingadera. Para mí el mundo entero es invisible.

Guardé silencio, pensando que quizá iba a decir algo más.

No se me olvida cuando ibas descalzo, de morrillo, además de invisible eras calladito como ratón. Ese poder para que veas que a mí sí me sorprendía. Luego los pies se te pusieron pesados, y con la novedad de que ahora hasta te rechinan. En el estante de atrás, a un lado de la puerta de la bodeguita, hasta arriba hay un botecito de 3 en 1, para que le pongas aceite a tus bisagras.

Se rio fuerte y yo también.

Luego lo pensé muchas veces. El Hombre Ratón. Se vuelve invisible. No hace ruido. Se hace chiquitito y cabe en cualquier escondite, nadie lo puede encontrar. Se acomoda en las grietas de las paredes, en el espacio entre los muebles, en los huecos que dejan las sombras.

Pero al rato me di cuenta. Ese no podía ser un superhéroe. Esos poderes daban vergüenza. Nadie que volara, que tuviera superfuerza o moviera cosas con ondas mentales iba a querer hacer equipo con él. ¿Como para qué iba a servir que nadie te viera? Y esa fue la última vez que le conté a alguien de mi dizque superpoder.

Después, cuando caminaba rumbo a Los Arroyos, pensé en mis padres. Ellos también desaparecían, se volvían invisibles. Se ocultaban en el olvido detrás del silencio y del odio que mi abuela les tenía a los dos.

Le tuve miedo a ese pensamiento. A ser el hijo del hombre ratón. El hijo de la mujer alimaña. La prole de los indeseados. Un niño al que nadie nunca iba a querer, nacido de lo peor de la tierra, de las sobras, de la mierda, de unos que no podían llamarse personas.

Luego fueron los primos, los tíos, la parentela
con la que ni trato tenían.
Dejó de importar que fueran cercanos.
Ya no era contra los traidores y sus familias.
Parecía que era por puro gusto, por no dejar,
por desencadenar todas las desgracias y traer
a los hombres y las mujeres los castigos que los
esperaban en el infierno.
Cada vez más lejos del pueblo se plantaban los
comandos en su afán de encontrar carne con
qué desquitarse. Monos de juguete con qué
ejercer su puesto de demonios a ras de suelo.
Dejamos de ser seres humanos. Nos convertimos
en recados que se entregaban a todos y a
nadie, en altavoces que clamaban en el
desierto, en anuncios desgarrados, ondeando
como banderas que no tienen patria ni quién
las defienda.
El pueblo dejó de ser el pueblo y se volvió un
espectacular cosido a balazos. Una señal en el
camino llena de agujeros, que en cada cicatriz
te advierte que lo mejor es que te regreses por
donde viniste, pero ya, pero ni madre, pero en
chinga o te mueres.

Siempre hay alguien que sabe dónde estás. Tú mismo.

Cuando estaba dentro del ropero, yo sabía perfectamente que estaba ahí, aunque a nadie le constara, aunque nadie lo sospechara. Dentro de la casa abandonada. En la recámara de arriba. En el mueble de madera. En la oscuridad.

Aunque ahora que lo pienso bien, hubo un momento en el que dejé de saber bien dónde estaba. Fue cuando me quedé dormido. Soñé cosas, anduve en otros lados, volé o caminé por lugares en los que nunca había estado pero que me parecían conocidos. Me fui. Me perdí. Y tardé un rato en encontrarme.

Cuando desperté, me espantó no recordar en qué lugar me hallaba. El susto me duró un segundo apenas, pero me llegó profundo en el alma y se me extendió por todo el cuerpo. Eso de que abres los ojos, venido de la nada, y lo que esperas es ver la luz y te topas otra vez, pero más de frente, con la nada… es como si te cayeras, como si te hubieras ido por un pozo muy hondo y vivieras de sopetón todo, el resbalón, la caída, el encontronazo con el suelo, la cabeza revuelta y quebrada, la sangre y la cosa de saber que no pudiste detenerla.

No hay a dónde ir, deveras, porque no estás en ningún lado. Te sacaron del mundo. O tal vez te metieron tan adentro del mundo que dejaste de estar en cualquier parte. Lejos de todo. Flotas. Ni arriba ni abajo. Nada de qué agarrarse para decir que ahí comienza lo que existe, que ahí se termina el sueño.

Creo que entonces entendí a lo que se refería Güela Librada. A eso le tenía miedo. De eso nos estaba cuidando, de la muerte. Es en ella donde te pierdes y no hay vuelta, cuando nadie sabe de ti, ni tú mismo puedes decir, decirte a ti mismo, dónde estás, cómo llegaste ni cómo le haces para salir.

Todo el tiempo ella quería saber dónde estábamos. Quería estar segura de que seguíamos vivos.

Cuando me acordé que me había metido dentro del ropero, mi corazón empezó a latir más despacio, dejé de sudar frío, se me abrió la garganta. Dejé de estar muerto. Reviví. Casi casi. Me volví a encontrar, un-dos-tres por mí.

Cuando te mueres es cuando más solo te quedas, porque te quedas incluso sin ti.

Llegaban a cualquier hora, a despertarnos
en la noche, a no dejarnos terminar de
calentar la comida a mediodía, a hacernos
soltar los fierros del campo, la pala, el azadón,
el pico, la barreta, y si estábamos en las
casas, el marro, la escoba, la cuchara, el
sartén.
Ya trepaban incluso al que viviera cerca, tuviera
parentesco o no con el par de alacranes, así
les estuviera haciendo un enjarre en la casa,
así le diera una manita de pintura nueva
a la cerca, así les hubiera detenido nomás a
tomarse una y luego dale pal camino.
De camino, ni madre. Ahí se quedaban.
Por pura repinche mala suerte.
La matanza se fue haciendo cada vez más
grande.
No miraban a quién.
Como las enfermedades que se vuelven
epidemias.
Como las venganzas que se vuelven puro
chingarse al prójimo por gusto.

Seis mujeres en la casa. Siete, contando a la abuela. Los papás de mis primos, todos, estaban lejos, chambeando en el otro lado, de mojados. Sirviendo hamburguesas a los gringos, decían en la casa. Barriendo pisos. Limpiando baños. Hundidos en la mierda. Da igual, mientras no dejen de mandar billetes. Hundidos en la mierda, y Güela Librada se reía de sus yernos. Las que a veces lloraban eran sus hijas de ella, las escuchábamos, sobre todo por las noches.

El tema era de a fuerza cuando la abuela se encontraba su botella de tequila. O una cervecita. O lo que bien cayera. Nada ostentoso, una cuba, un vampiro, bebidas de jodidos, decía ella, que ni muy curtidos que estuviéramos todas de la garganta, afirmaba, aunque en realidad ella era la única que empinaba el codo.

Se ponía a cantar. Contaba que en la casa de sus papás, los bisabuelos, siempre había música, que seguido ponían el tocadiscos y su papá sacaba a bailar a su mamá, un bolero, un vals, una redova, a sacudir la tierra del talón, decían, risa y risa, pero despacio, bailaban despacito, con una elegancia que no vieras, afirmaba Güela Librada, orgullosa del porte de sus papaces, sonriendo bonito, porque entonces le salía algo de niña, como si sólo con ellos, y ahora en su recuerdo, pudiera sentir algo de ternura. Cantaba como apagándose, pero con harto sentimiento.

Algo te pasa, pero ya no eres la misma,
de un tiempo acá yo te he notado diferente.
No se equivoca el corazón cuando presiente
que sin motivo se le deja de querer.

Pero ya entrada en la noche y en los tragos, se le metía el diablo. Le brotaban todas las cuentas pendientes que tenía con la vida. Ahora creo que exageraba las cosas; se magnificaban a través del alcohol y del encono que a lo mejor siempre sentía y se siempre callaba, pero que ahora le salía.

Que si había perdido su casita, la que era de sus padres y en la que había crecido, allá en Estación Carranza, su herencia; la perdió cuando el abuelo Arnulfo se trajo a la abuela al rancho. Los hermanos de su papá, los pinches tíos, se quedaron con todo. Y el rancho también lo perdió, se volvió hosco, decía que nadie lo podía ayudar, y fue como si se derrumbara. Ni cómo volver, decía, ya ni para qué. Pensaba que esta vida iba a valer todas las penas y que nunca puedes perder lo que más quieres, pero eso fue lo que pasó. No, no valía la pena, se daba cuenta ahora, tarde.

Los hombres son la plaga del mundo, decía.

Ay, mamá, ya va a empezar, la amonestaban, tímidas, como no queriendo, temerosas pero disimuladas, sus hijas.

¿Y papá? La confrontaban un poco, sin perder distancia, sin mirarla directo, clavados los ojos en lo que les tuviera ocupadas las manos y la cabeza. Platos sucios, un tejido, un botón arrancado, la telenovela de las nueve.

Si de una cosa estaba contenta era de nunca haber parido ni a un solo pelao. Aunque con eso me ganara la inquina de Arnulfo, que dizque con eso le maté el rancho y el apellido. Mis polainas.

Pero si bien que lo lloró cuando lo enterraron. Me acuerdo perfecto. Todas nos acordamos. Le peleaban a la memoria del abuelo, la defendían sabiendo que iban a perder, y que en el fondo no importaba.

Güela Librada suspiraba, empinaba el codo y contestaba lo mismo de siempre:

Mis hijas, óiganme bien: yo descansé cuando a ese hombre lo bajaron a la tierra.

Ay, mamá, y ahora sí el escándalo empezaba a colorearles las palabras, los ojos revoloteaban, parpadeaban con incredulidad, de las agujas de tejer a la boca torcida de la vieja, de los actores atornillados en un beso al ceño fruncido de su mera madre, del cenicero lleno a la botella vacía.

Por eso hoy quiero sin rodeos hablar contigo
y sin temor me digas qué es lo que te pasa
si mi presencia ya no te es indispensable
en un segundo de tu vida yo me voy.

La abuela se levantaba, tambaleante. Una de sus hijas, a veces la menor de su manada de mujeres, la sostenía del brazo y se la llevaba a acostar, jalándola despacito, evitando que se cayera, balanceando el cuerpo marchito y esquelético que hacía mucho le había dado la vida.

Güela Librada contaba que el abuelo Arnulfo la había visto cuando ella era muy jovencita, en el patio de su casa, en Estación Carranza, mientras él pasaba en su caballo, y que le gustó, y volvió dos tres veces a verla desde lejos, y un día como al mes se presentó con el padre a pedirle la mano de la hija. Parecía que ese era el único pecado que había cometido su papá, entregársela a ese hombre, tan tiernita, tan ignorante de las cosas de la vida, y su mamá no había hecho nada para detenerlo. En otros momentos, el abuelo Arnulfo era un hombre derecho, trabajador, dedicado, sin vicios mortales. Pero a veces se transformaba en un cabrón alevoso, egoísta y distante, como por arte de magia, como si los recuerdos se voltearan al revés.

Decía todas estas cosas, creo yo, a la distancia, cuando a la vida se le secan los colores y se vuelve un puro sufrimiento al que le salen cada vez más ramas, tantas que tapan al sol y dan una sombra que nunca se termina. Cuando a nadie le queda nada más que dolor.

Desde que soy viuda cuándo me has visto llorar, retaba a su familia con palabras que se arrastraban detrás de ella, en su camino a la cama.

Aviéntame, si es que ya en tu vida yo no valgo
  nada,
si de mi cariño ya estás decepcionada,

ya no tiene caso, para qué fingir.
Aviéntame, eso es preferible a seguir mintiendo,
sácame esta duda que me está comiendo
porque ya con ella no puedo vivir.

Los hombres son la plaga de este pinche mundo.
Apréndanse eso, pendejas.

Siempre terminaba así: que el abuelo no era la monedita de oro que creían, pero que tuvo la amabilidad de morirse no muy tarde. Su defecto era ser un palo, seco por dentro y por fuera.

El día que le tocaba descansar, le pedía a Güela Librada que le cantara, pero sin instrumentos, sin guitarra, las canciones no le sabían, todo se oía muy triste, y ella nada más lo hacía un rato, para darle gusto, y se callaba. No le llegaba nada, decía.

Cuándo chingados me ha visto ninguna de ustedes triste, a ver.

De aparato de música, ni hablar, esas madres no entraban en la casa de ese hombre, y chíngome yo. Como siempre. Ni para qué vivir la vida, si todos los caminos nos llevan al mismo pozo.

A ver, díganme cuándo cabrones me han visto llorar.

Somos mudos, le decíamos a cada gente que
   venía a preguntarnos.
Si venían, bien que sabíamos que era por puro
   morbo.
Porque eso era. Ni modo que fuera preocupación
   por el prójimo, hambre de justicia, caridad,
   tantitito así de madre.
Era morbo.
Hasta eso, no mucha gente.
Unos cuantos curiosos.
Batos sin quehacer; vagos con ganas de saber
   el chisme.
Que por qué tanta destrucción.
Tanto echar al suelo las casas; por qué tanto
   silencio, como si el aire se empozara sobre
   los techos.
Por qué el olor a muerte.
Somos mudos, nomás eso les decíamos.
Pero si los estamos oyendo hablar.
Pues ya ve.

Nos la contaron muchas veces, esa historia del pozo sin fondo en medio del desierto. Siempre cambiaban el nombre del rancho que quedaba más cerca. Las sirenas, El taconazo, La aulladora, Los vergeles. Puro nombre mentiroso, decía Güela Librada, y una vez yo le pregunté que entonces cuál nombre estaba bueno, ¿había uno que dijera la verdad? Ella me respondió:

Suficiente es con que le quieran poner cercas al desierto. Olvídate, Chaparro, que clarito lo oigo reírse desde el fondo de su garganta reseca cada vez que algún ranchero le quiere poner nombre.

Los muchachos y yo estábamos seguros de que Güela Librada se avionaba, que casi todo salía de su imaginación y de esa alma suya tan vieja. Aunque juraba y perjuraba que el abuelo Arnulfo era el que se lo había contado tantas veces, quitándole y poniéndole, pero también que el meollo del asunto era el mismo siempre, y por eso ella se sentía con la autoridad necesaria para meterle de su cosecha.

A los tantos kilómetros por la carretera 57, *a veces a los ocho y a veces a los ochenta, unos días rumbo al norte y otros al sur,* se abría una brecha *que como podía estar a la izquierda también podía aparecer a la derecha,* oculta *tras la gobernadora o los mezquites, así que había que poner atención*, o bien la entrada estaba tan a la vista que el abuelo Arnulfo bajaba la velocidad desde mucho antes, pisaba el freno de su vieja camioneta, en la que acarreaba desde hacía treinta años costales de grano, animales de granja, toneles de agua y animales de la familia, apenas veía aparecer la salidita a los ranchos de la zona.

Había que agarrar terracería, *a veces una hora, a veces dos, una vez fue toda la noche.* Había que aguantarse las sacudidas del vejestorio sobre las piedras, de la camioneta, no las del abuelo, las de la tacataca, como le decíamos al mueble, no las del peón que les iba a dar de comer a los marranos del rancho de los Arredondo, los Interial o de los nietos del viejo Kalimán, que dejó regada a su descendencia por todo el estado.

Era una chinga. Las piedras, los pozos, lo angosto del camino, el polvo que no dejaba ver y ahogaba gacho. Había que trepar las dos ruedas izquierdas del mueble a las hierbas que crecían al costado de la ruta para dejar pasar al otro cada vez que dos vehículos se encontraban. A veces había mucho tráfico en el camino de tierra, a veces nadie lo cruzaba en días, aparte del abuelo.

El pozo siempre era el mismo. Estaba en medio de un terreno de cuarenta hectáreas en el que no había nada. El puro peladero y uno que otro pinchurriento mezquite. El pozo estaba dentro de una casa que en realidad era sólo un cuarto grande, con ventanas altas, con los vidrios todos rotos de las pedradas miedosas de la gente vecina, quizá de los niños que no aguantaban la cercanía del pozo, y con eso se vengaban de las pesadillas que los despertaban llorando en la noche. Era un cuarto con las entradas sin puerta, el puro hueco y la penumbra al fondo de todo. La boca del pozo tenía el tamaño de un carro. La caída no tenía fondo.

No hablábamos nosotros. Hablaba el miedo.
Qué nos van a hacer. A todos o nomás a los
    demás.
A nosotras las mujeres. A nosotros los niños.
A nosotros los ancianos.
Y bien que sabíamos.
Era eso lo que nos dejaba sin voz, y por eso era
    el miedo el que hablaba.
Luego, cuando todo terminó, queríamos hablar,
    decirle a alguien todas las cosas que habían
    sucedido.
Pero el miedo es difícil de callar.
El miedo no quiere guardar silencio.
Lo más fácil es dejarlo, que sea él el que hable,
    que diga lo que debe decirse, porque nosotros
    nos quedamos vacíos.
Es más, no sabemos si esto de ahorita lo decimos
    nosotros, o es el miedo el que habla, todavía.
A lo mejor nunca se va a callar,
tanto así de voz tiene, tanto así grita sin esa boca
    que se le abre en medio de su pecho oscuro, el
    miedo, el pinche miedo, el puto miedo.

El abuelo pasaba por la casa del pozo todos los días, de madrugada. Era joven. El abuelo no envejeció nunca. Dejó de ser un señor y se volvió fantasma, no pasó por la chochez. Se quedó solo de sí mismo y dejó de estar en cualquier parte. Cuando se dio cuenta de que se había quedado sin sus tierras, cuando tuvo que enfrentar la triste realidad de que no tenía ningún hijo que lo ayudara y que por eso las había perdido todas, que ahora debía trabajar para gente más pendeja que él pero con más suerte, o más conectes o más algo, se amargó, se amargó de a madre, decía Güela Librada, la sangre se le volvió vinagre y el corazón un puño bien apretado.

Era muy hombre, bien machín, según el cabrón de Nulfo, pero, con todo y todo, no aguantó la tristeza, de eso se murió, dice el primo, de haber tenido puras niñas, y de haber perdido lo que lo hacía valer. Para vivir con la cabeza arrastrando por el suelo hay que tener huevos, muchos, para seguirle después de que te jodieron. Tenerlos cuando andas arriba, cuando el orgullo te corona la cabeza, cualquiera; hay que ser de una madera bien chingona para tenerlos cuando la suerte te pone a limpiar el piso con la lengua.

Además de darle de comer a los animales, los bañaba. Los marranos sudan un chingo, siempre, pero aun así se pueden morir de calor bien fácil. Así que el marranero los juntaba en una esquina del trochil y les daba sus regadas con la manguera, o cuando no había presión, a puro tinazo. Para juntarlos recurría a la única razón que entienden esos animales, la comida. El abuelo vaciaba los costales de comida pasada, desperdicios, tortillas duras, vegetales aguados que le regalaban en las fruterías de Nuevo Almadén. Había que llegar a la ciudad antes de que amaneciera por la merma para los puercos.

Ya cerca del mediodía limpiaba el chiquero. Revisaba la cerca. Que no faltara ningún travesaño ni se aflojaran los postes. Se fumaba la segunda ronda del día, luego de los del camino de la mañanita. Se comía los tacos que le ponían sus hijas, ahí parado, recargando la viandera sobre los tambos vacíos del porche de la casa del rancho. A veces eran de algún guisado de carne, otras eran de huevo o frijoles, en tortillas de harina, ¿a poco hay de otras? Le ponían el lonche y un termo de café bien cargado. Se lo tomaba y se echaba una dormida, en la camioneta, estirado sobre la caja, sin quitarse las botas, con la cachucha tapándole la cara. Entrada la tarde rellenaba los bebederos de agua, volvía a bañar a los marranos y les daba de comer por última vez.

De regreso, pasaba por segunda vez frente a la casa del pozo. Era el puro cascarón, la construcción a medias. Nunca había vivido nadie ahí. Cómo, si el chingado pozo ocupaba casi todo el piso del único cuarto.

Hasta que unos hombres armados con metralletas que no escondían empezaron a montar guardia alrededor de la entrada. Cubrieron los huecos de la puerta y las ventanas con lonas gruesas, de esas tan pesadas que no se mueven con el aire. Había siempre un par de camionetas negras con los vidrios polarizados estacionadas cerca de la casa, sin ningún orden, como si los choferes se hubieran bajado en friega, de voladita, porque incluso dejaban las portezuelas abiertas.

El abuelo intentó saludarlos una vez nomás. Alzó la mano, apenitas, sin sacarla siquiera de la cabina. Algo corto, como juntando en el mismo gesto una apatía viril y la timidez que todo hombre del campo debe portar como su sello de origen.

No le contestaron. Nomás se le quedaron viendo. Lente oscuro y metralleta en bandolera.

De ahí en adelante nada más los miraba, sin pensar en alzar la mano. La abuela nos contaba que el abuelo decía que se acordaba de la vez que se había asomado al pozo, de la oscuridad dentro del cuarto, de la boca inmensa del agujero que parecía hacerse cada vez más grande a cada segundo que continuabas metido en esa casa loca. Se acordaba que un aire frío salía constante por la boca, un aire cansado, como venido de muy lejos, y que ahí al fin alcanzaba la libertad.

Del blanco de la arena del desierto y de la ropa negra de los guardias, de eso se acuerda también. Del aire caliente que respiraba a diario en el camino y de la brisa fría que salía de la tierra. Cosas que, por donde las vieras, no cuadraban.

Perdemos un brazo pero seguimos vivos.
Perdemos una pierna. La entregamos. Con tal
    de seguir vivos.
Perdemos ojos.
Orejas.
Dedos.
Las manos derechas.
Lenguas.
Corazones.
Todo lo que tenemos.
Lo que nos hace estar vivos.
Y aun así seguimos vivos.
¿Cómo?, nos preguntamos cada día y cada
    noche.
¿Por qué?
Sin que nadie responda, porque todos sabemos
    que ya no queda nada ni adentro ni afuera de
    nosotros que pueda responder.

Cuando me dormía pensando en el pozo, soñaba con su oscuridad.

La boca era del tamaño de la noche.

Me podía tragar sin que apenas se notara mi cuerpo cayendo a través de su inmensidad.

En el sueño profundo bajaba por las paredes, no agarrándome de las piedras, como cuando subes un monte empinado, sino caminando. Lo vertical se volvía horizontal. Me sentía confiado de poder regresar y me dejaba tentar por el misterio de la profundidad, por todo lo que se escondía allá abajo.

Perdía el rastro y no me daba cuenta hasta que caminaba sin saber a dónde me dirigía, luego empezaba a correr, y el pozo se abría y se hacía más y más grande.

O estaba lleno de agua oscura que se desbordaba, hasta empaparme los pies. De un agua muy gruesa. Arrastraba cosas, como las bajadas de la lluvia desde los cerros. No podía verlas, nomás sentirlas. Espinas, puntas afiladas, botellas quebradas o pedazos de fierro. Se me encajaban por todos lados. El agua me cubría la cabeza.

A veces no había caída y estaba desde siempre en la oscuridad.

No estaba ni vivo ni muerto.

Algo entre dos aguas. Como cuando te metes al río y sientes que dos corrientes se topan ahí mero donde estás. No es que de un lado esté más cálido y del otro más frío. Es más revuelto. En el mismo lugar frío y calor a rachas, golpeándote, arrastrándote a su confusión, desgastándote para que te sueltes. Un manotazo caliente y un pellizco de frío, casi al mismo tiempo, casi en el mismo lugar de la piel, y así en todo el cuerpo, una cachetada que te hierve la piel y un ramalazo helado.

Sólo yo sabía dónde estaba, pero no tendría nunca las palabras para decírmelo. Sí, aquí es donde estoy, aquí me perdí, aquí me puedo encontrar. Ni para decírselo a nadie, nunca, porque mi voz se había quedado atorada en algún lugar del pozo.

Nos ordenaron que no dijéramos nada, que no
    nos quejáramos.
Dijimos que sí
y de todas maneras, con quién, para qué, si
    nadie iba a querer intentarlo siquiera.
Nos preguntamos: ¿qué perdimos en ese brazo?
¿Qué se alteró en nosotros cuando nos
    arrancaron esa carne que también éramos,
    que ya no somos?
¿Si dejamos de vernos ahí donde cayó la
    mordida, la tarascada de animal, ahí donde
    el zarpazo nos dejó una mancha negra y
    babosa, va a desaparecer?
¿Qué perdimos cuando perdimos los ojos y la
    lengua?
Humanidad.
¿Humanidad?
Un poco de ella, o quizá toda.
Quizá se pierde toda la humanidad a la
    primera, dejamos de ser personas en el
    momento en el que perdemos una parte del ser
    completo, por mínima que sea.
Vida.
Alma.
¿Cuánta?

¿Cuánta podemos entregar
sin perderla toda
y sin que sea para siempre?

Todos los primos sentíamos curiosidad por ver el pozo. Pero como no sabíamos dónde estaba no había manera. Sólo conocíamos lo que nos contaban en la casa, casi siempre Güela Librada, aunque también escuchamos alguna vez las versiones de las tías. La repetían sin emoción, como si no les interesara mantener viva la historia pero no tuvieran de otra.

Ese pozo ni ha de existir, muchachos, es para meternos miedo, pinches viejas. Librada es la peor de todas.

Los mayores ahí andaban, queriendo hacerse los que sabían, inventando cosas y dándolas por ciertas, hasta que Nulfo brincaba:

A ver, a ver, no anden hablando de lo que no saben, putos. Yo ya vi el pozo, por ahí cabe hasta un camión de los que surten la tienda del Ceguetas. Y esto no se los van a decir sus mamás, morros babosos, así que pongan atención: ese pinche pozo se ha tragado a más gente de la que se puedan imaginar. Carros incluso. Y carros llenos de gente.

Hacía una pausa, se arremangaba la camisa, sacaba la cajetilla que siempre cargaba de contrabando en los calcetines y se ponía un cigarro en la boca, la pura pose matona, sin prenderlo. Ay, el Nulfo, bato tan títere, porque bien sabía que lo tenía prohibido en la casa, pero lo hacía nada más para darse chanza de disfrutar que toda la primada le estábamos poniendo atención.

Sabrá dios quién madres construyó la casa encima del pozo, un cabrón bien loco, pero ahora la chingadera esa es el resumidero de gente muy cabrona, gente de lana y batos poderosos que avientan ahí a sus enemigos, los tiran como si fueran mierda y lo único que hay que hacer con ellos es mandarlos lejos por la cañería.

Afuera, en el solar, no se oía nada, además de la voz de fanfarrón-me-la-pela-todo-el-mundo de Nulfo.

Parecía que a todos se nos había olvidado cómo respirar.

Las hojas de los nogales tampoco hacían ruido.

Un tiro en la nuca y caen solitos, como si pesaran una tonelada de pura muerte.

A los carros los empujan entre varios, y ya cuando van a la mitad, se echan para atrás, porque o te quitas a la verga o te chicotea gacho la cajuela.

Para divertirse, a los que más odian, los que deveras la desparramaron, los traidores, los del otro bando, los que les cagaron el palo, a esos les dan a elegir: o saltas solito o te torturamos primero.

Puto el que vaya con el chisme.

Va para ti, Chaparro, si hasta acá te veo que eres puto y quieres llorar, quieres llorar, quieres llorar.

Las calles les quedaban chicas a las máquinas.
Extendían los brazos de puro fierro y pistones,
   articulaciones de tornillos, ejes se abrían para
   alcanzar techos
y hundirlos.
Ahí venían, apretadas, con sus llantas del
   tamaño de personas.
Con sus cueros amarillos, tiesos, sus ojos de luces
   rojas de emergencia, parpadeando, girando
   locos.
Manos de chango,
veíamos sin ver,
notábamos sin que se nos notara,
los ojos se nos abrían hasta lo más profundo, como
   platos incrédulos, cómo es posible, no es posible,
   no se puede, no puede ser esto, no, no, no,
y nos hacíamos pendejos para que nadie tuviera
   que deshacerse de nosotros.
Retroexcavadoras.
Cargadoras.
Pinches máquinas.
Tronaban las paredes, los castillos con todo
   y varillas y vaciado, piedras bola dizque
   amacizando todavía más el cemento sólido,
   y se la pelaban a las garras metálicas.

Desgarraban las bardas, entraban como fieras a las que hubiera montado el diablo y reducían las casas a escombros.

La sangre

La entrada de la casa era el orgullo de doña Susana. Entre todo el caserío jodido, donde abundaban desde jacales improvisados para la pobreza eterna hasta las construcciones muy apenas armadas y sin enjarrar, la suya había sido la primera mansión de verdad en el pueblo. Luego hubo otras, pero ya impresionaron menos a todos. Ya despúes todo había sido a ver quién meaba más lejos y quién se la mata a quién construyendo casonones brutos. Empezó la competidera y cundió el gusto por lo grandote. Pero eso fue después.

Doña Susana era orgullosa y casi no le hablaba a nadie. Eso era desde siempre, por lo menos desde antes de que se cambiara de vivir en los dos cuartos de cara al monte en los que vivía, sola, esperando al marido que la giraba en una empacadora de una retirada ciudad gringa, dizque de supervisor. Un día, se convirtió en la dueña de la mansión, la primera, un caserón que ocupaba una cuadra entera, todo para ella sola, porque nunca habían tenido hijos, y porque además, decían las malas lenguas, que son todas las que se mueven (¿o a poco puede alguien decir que las palabras no se caen de la boca a la hora de hablar por hablar y sacar trapos ajenos? Nadie), decían pues que el marido de doña Susana nunca iba a regresar, de pendejo, decían, si ya se agenció a una güera de por allá que le va a conseguir la verde.

Así que ese era el premio de consolación de doña Susana. Ventanales por todos lados, una entrada amplia con lugar para estacionarse frente a la casa para seis carros grandes, todos a cubierto, porque el sol cómo jode la pintura. Arbolitos medio desmayados a lo largo de la cerca, tres pisos con terrazas aquí y allá, mosaico del caro hasta donde no debía ir, en paredes y techos, nomás de pura exageración, una ristra de cuartos vacíos que nadie iba a usar nunca. De ese tamaño el despropósito. De ese mismo la soledad.

Pero ella se sentía a salvo de las habladurías. Sin dirigirle la palabra a nadie, el veneno no la alcanzaba. Se mudó a su casa nueva al cabo de dieciocho años de construirla, al pasito, estirando bien los dólares que le llegaban, y aquí es donde uno puede decir que por lo menos el marido conciencia sí tenía, tantita madre, porque le cumplió la promesa y la ñora ya tiene su casota y ahí le sigue mandando para que la mantenga y se mantenga, porque sola doña Susana pues de dónde, y pues cómo. Y así era feliz. En su torresota de marfil.

Hasta la noche esa.

Aunque doña Susana dormía en una de las recámaras del fondo, hasta su cuarto refundido en el laberinto de pasillos y puertas le llegó el ruidazo. Sonaba como un grupo de hombres gritándose cosas incomprensibles pero urgentes. Órdenes, llantos, maldiciones, risas, así todo mezclado, como si al mismo tiempo hubiera velorio, contaran chistes y alguien se estuviera agarrando a madrazos a otro más güey.

Luego se oyeron ruidos de carros. Arrancones, patinazos, motores que aceleran más a huevo que queriendo y se pierden a lo lejos. Luego ya nada.

Doña Susana no pudo dormir esa noche, pero sí salió… Claro que no, para qué chingados iba ella a salir.

Fue hasta la mañana siguiente cuando encontró la reja de la calle tirada, halló destrozos en la fachada y así fue que supo que alguien se le había metido en la propiedad y usado el tejabán de la entrada durante la noche.

Nada de eso hubiera debido causar gran alboroto, de no ser porque sobre el empedrado del estacionamiento, esa como cochera al aire libre que se había mandado hacer como capricho de mandarín porque ella ni manejaba ni tenía mueble, ahí había un charco de sangre que a esa primera hora de la mañana ya daba trazas de empezar a pudrirse.

Tanta sangre. Mucha. Demasiada para provenir de un solo cuerpo.

No sólo era el charco en medio del empedrado. Manchas en todas partes, a lo largo del porche, abajo en las jardineras, en los caminos y las banquetas que la llevaban a otras áreas de la casa. Ríos de un rojo intenso y oscuro regaban la tierra y las plantas de la entrada, regueros de chispa como constelaciones de dolor, salpicones deformes como resecos gritos de horror.

Apenas vio ese infierno entró de nuevo y cerró con llave. El corazón le latía tan fuerte que ya se le hacía que se le iba a salir.

Pasó la tarde en cama. Se sentía enferma aunque no se pudiera reconocer ningún síntoma más allá del miedo cabrón que la tenía paralizada, bañada en sudor.

Una y otra vez a su mente volvía la imagen de la sangre embarrada, cubriéndolo todo. Aunque se había negado a fijar la vista en aquello, tenía suficiente material para elaborar alucinaciones y malos sueños. El charco creciendo como si lo alimentara, desde debajo de la tierra, un manantial de venas mutiladas, un subsuelo de cuerpo destazados.

Pensó, ¿a quién hablarle?, ¿a quién pedirle ayuda?, y ¿para qué? Nadie en este pueblo me ha dirigido la palabra en los últimos veinte años, y aunque fuera muy por mi gusto, qué, ahora voy a ir a rogarles que… ¿qué?, se preguntó. ¿Por qué les hablaría?, ¿para qué les voy a pedir nada? ¿Que me proteja la policía? ¿Que cualquier desconocido me venga a decir qué pasó anoche aquí afuera de mi puerta? ¿Que gente curiosa venga a fisgonear mi casa? Nunca. Pero nunca.

Pensó, una vez que se hubo calmado con dos vasos de tequila, que tenía todo el tiempo del mundo para hacer lo que correspondía. Que nadie la apuraba. Que otro trago a la botella y ya estuvimos.

Salió de nuevo cuando la tarde ya había empezado a caer. Atravesó con estoicismo el porche, el estacionamiento con su quieta marea de sangre, no necesitaba moverse para saltarte encima, rojos movimientos que contaban una historia a quien supiera y se aguantara a quedarse a descifrarlos.

Recorrió el camino hasta la entrada y alcanzó la reja de la calle. Estaba tirada, doblada y rota, a un lado del hueco. El paso estaba por completo despejado, abierto, libre de obstáculos para el que quisiera meterse.

Dio media vuelta y volvió a la casa.

Con paso sereno. Como si deveras no hubiera pasado nada.

Se paró enfrente del ventanal que miraba hacia la entrada. No era tonta. Bien sabía lo que estaba sucediendo bajo sus propias barbas, que eran ninguna, porque siempre había sido una mujer lampiña. Era bien conocido que el mal asolaba la región. Que Los Arroyos les había gustado a esas gentes para venirse a vivir. Que no había que meterse en donde a uno no lo llaman, eso ni antes ni ahorita, pero ahora había quien te lo cobraba caro de a madre.

Salió de nuevo cuando la noche empezaba. Notó que habían jalado las mangueras con que regaba las matas y que había charcos en los que el agua adelgazaba la sangre. Fue ahí cuando lo supo. Habían usado su casa como un confesionario. Un lugar donde se lavan las culpas, donde las manchas del alma se tallan hasta desprenderlas, hasta que el rojo que es sangre y es vicio y es la marca de nuestra mortalidad se borra y se va.

Hizo lo único que podía hacerse. Se puso de rodillas y empezó a rezar.

De rato sacó todos los implementos de limpieza que guardaba en el armarito al fondo de la cocina. Se armó de escobas, trapos limpios, cepillos, trapeadores. Se aprovisionó de detergentes, jabones, desinfectantes, aerosoles, cloro, agua bendita, sus rosarios. Se calzó los guantes con los que interminablemente lavaba los baños de la mansión, se puso unas botas de hule grueso que alguna vez había usado para hacerle a la jardinería y salió de nuevo.

La sangre parecía de una tonalidad más artificial bajo la luz de los focos.

Charcos de plástico sólido.

Imposibles de remover.

Eternos.

Empezó a orar de nuevo, en silencio, pidiendo el perdón por los pecados que habían idos a empozarse a la entrada de su casa, por las culpas que el agua no había alcanzado a borrar.

Usó mucha más agua de la que creyó necesaria, más padrenuestros y avemarías de los que había usado nunca para frotar cualquier episodio negro de su vida y devolverle el brillo.

Terminó cuando todavía era noche cerrada. Entró a la casa y no pudo dormir.

La vida continuó como siempre y doña Susana tuvo tres días de normalidad. Entraba y salía de su casa sin hablar con nadie más que lo estrictamente indispensable para comprar esto o aquello. Sólo echaba en falta la reja de la entrada, así que hizo tratos en la herrería del pueblo para que le construyeran una nueva y la pusieran la siguiente semana.

La cuarta noche volvieron a escucharse los mismos ruidos. De nuevo gritos y voces transidas de urgencia, risas disfrazadas de espanto o quizá era al revés.

La mujer no tuvo que asomarse por la mañana para comprobar lo que ya sabía. De nuevo la sangre había invadido la entrada de su casa. De nuevo almas muy sucias habían ido a lavarse sobre las piedras del camino de su casa a la calle. Charcos nuevos, manchas nuevas, regueros de rojas verdades salpicando paredes, árboles, ventanas. Otra vez el agua tratando, en vano, de limpiar todo, de ayudar al mundo a olvidarse de tanto sufrimiento.

Con mayor desazón que la vez anterior salió, armada con implementos y químicos de limpiar, a hacerse cargo de que el mundo recuperara su estado de pureza.

Sabía que no podía dejar de confiar en el poder sanador, en el olvido y la renovación espiritual que estaban dentro de la naturaleza del agua y sus rezos. Pero ya no estaba tan segura de que bastara con esas cosas. Se sintió mal por la blasfemia y se ocupó de las impurezas de sí misma y de la entrada sin elaborar ningún pensamiento por miedo a caer de nuevo.

Esta vez terminó antes. Tuvo tiempo de beberse un vasito de tequila, de pensar en lo que haría al día siguiente, de sentir que al menos por ahora todo había acabado.

Ahora sólo pasaron dos días.

De nuevo el horror de la sangre.

Lo primero que pensó, al escuchar los ruidos que lo anunciaban, era que estaba cansada, mucho, de repetir tantas veces lo mismo.

Pensó en escobas y jabón. Pensó hasta que dejó de oír los ruidos y se quedó dormida.

Canceló la reja nueva. Tuvo que pagar la mitad del trabajo porque el herrero ya llevaba bastante avanzada la soldadura y el montado de las piezas.

¿Algo no le gustó?, le preguntó a doña Susana.

Nada.

Me deja en las mismas.

Así andamos todos, aclaró, y se fue sin decir más.

Salió temprano por la mañana, ignorando la peste de la sangre coagulada. Nunca había dejado tanto tiempo que las moscas y el hedor se juntaran en el aire.

Pero supo lo que tenía que hacer.

Esta vez tardó varios días en terminar su tarea. Su tarea, ahora distinta. Nadie le prestó ayuda, de nuevo, porque no se la pidió a nadie. Ella debía cambiar sola el estado de las cosas.

El material para hacerlo le llegó en un camión. Tuvo que hacer el pedido a la ciudad. Los de la entrega le preguntaron si ya tenía a los trabajadores para tantísima chamba. Ella dijo que sí. Les dio la espalda para poner manos a la obra. Ya no rezaba.

Una semana después estaba hecho.

Había tomado la decisión de no volver a limpiar la sangre. Se le ocurrió una posibilidad teológica que la dejó estupefacta. Lavar dos veces la misma culpa es casi seguro que equivalga a borrarla y luego restituirla. Por eso no se va realmente, por eso regresa el color maldito.

Tenía las manos cubiertas de un rojo encarnado. La ropa, el pelo, la piel que se asomaba entre el vestido. Pero el trabajo estaba completo. Las piedras de la entrada, las columnas de la fachada, el porche, las ventanas, las paredes, las plantas, los árboles, la tierra, las matas, las macetas, todo. Todo lucía un color rojo sangre que no iba a limpiarse nunca, con nada. Rojo sangre imposible de cubrir. Había dado los primeros brochazos usando el contenido de los charcos como pintura. Extendió por todas las superficies lo que tanto le molestaba. El que estuviera por todas partes cambiaba ligeramente el color, lo volvía un tono natural, le daba un uso cotidiano al espanto. Rojo sangre imposible de cubrir. De no ver, y de olvidar.

El pozo no tiene fondo. Nulfo nos decía que por más que uno se quedara parando oreja, nunca se alcanzaba a oír el ruido de las cosas al estrellarse en el fondo.

Aunque aventaras un vaso de vidrio, jamás ibas a escuchar el momento en que se hiciera pedazos al encontrar el suelo.

Llega hasta el otro lado del mundo, batillos, o no, nomás hasta la mitad, al mero centro de la Tierra.

Porque, ¿qué chiste tiene que vayas a salir del otro lado? No. Lo horrible es quedarse atorado en la oscuridad. A la mitad, igual de lejos de todos y de cualquier parte.

Yo me preguntaba qué habrían hecho todas esas personas para merecerse un lugar tan espantoso. Se necesita, pensaba, una vida completa de muchos errores y muchos pecados.

Lo primero que hice fue imaginar que arrojaban hombres adultos al pozo. Los hombres, decía mi abuela, son la plaga de este mundo. Pero luego pensé: a unos tipos de almas tan sucias qué o quién iba a detenerlos si se les ponía deshacerse de una mujer, de un niño, de un viejito o una anciana como la Güela Librada. Hay adultos que parece que siempre se esfuerzan en encontrar las peores formas de castigar a quienes les fallaron, a quienes los desobedecieron, a los que los tienen hartos.

Las personas se la pasan ofendiéndose entre sí, todos contra todos. En la casa, Güela Librada contra mis tías, una de las hermanas contra el resto de sus hermanas, los vecinos contra la pinche vieja amargada, como le decían a la abuela, nosotros contra todos. Si todos conserváramos recuerdo de las chingaderas que los demás nos han hecho, el pueblo entero tendría razones para aventar al resto de la humanidad que conoce al pozo sin fondo.

Porque es que sí, Nulfo hablaba nada más de hombres muy cabrones, unos culeros bien hechos, ojetes sin corazón ni sentimientos, batos felones, sin temor de nada ni nadie, y lo hacía con la voz llena de admiración, pero, pensaba yo, nada le impediría a la gente normal ponerse loca como todo mundo se pone a veces, y hace cosas locas de las que luego se arrepiente o a lo mejor nunca pero que son chingaderas, cosas violentas, cosas de muerte, como alimentar al pozo con sus venganzas.

Del pozo nadie se escapa. Nadie regresa. Apenas resbalas y ya estás jodido de por vida, vida que por otro lado ya no te va a durar mucho. Aunque la caída será larga.

Nulfo nos amenazó durante un tiempo con aventarnos ahí, cuando lo contradecíamos o cuando ignorábamos sus órdenes.

Y ora sí ni quién los encuentre.

Al tiro con el pozo, morros, nos decía Nulfo, y ahora sí encendía el cigarro, como si quisiera llenarse de humo el vacío amargo que le había dejado tanta palabra dicha con rabia, desde el miedo disfrazado y el rencor sin fondo.

Nomás dejaban los puros cimientos.
Las ruinas a punto de caerse enteras.
Los boquetes abiertos.
Como un mal recuerdo.
Para que los voltee a ver el que tenga huevos
    para voltear.

¿Y, pues quién iba a querer ver aquello?
Nadie.

Para que no se les olvide ese hoyo negro que le
    escarbaron al pueblo en la mera frente, en la
    mera conciencia.

Para cuando empezamos a ponerle tanta atención a la existencia del pozo, hacía años que habíamos dejado de jugar a las escondidas. Aunque Güela Librada no nos hubiera aventado el fierro caliente de sus ojos de marcar ganado, el juego ya tenía los días contados. Todos estábamos creciendo. No me gusta decirlo mucho porque le da en la torre al mayor logro de mi vida, pero en los días en que impuse mi récord los de la primada ya no le ponían las mismas ganas a inventarse escondites y a hallar a los demás. Unos de plano tiraban hueva y se escondían al chilazo, donde fuera, como queriendo que los encontraran para acabar de una vez el juego. Eso hacían los más grandes. También los que se iban haciendo más mamones, se ponían detrás del que contaba, o nada más le daban la vuelta a la esquina de la casa y salían corriendo de ahí, sin estrategia ni nada, al tontazo, y si le ganaban al que se había quedado, a tocar la bais, qué bueno, y si no, ni pedo y vamos a preguntar si nos dejan sacar el balón de fut.

—¡Salvación por mí y por todos mis amigos!

—Te vuelves a quedar.

—Ni madres, no se vale salvación por todos.

—Ay sí, ¿quién dijo?

Ya, otra vez, cuenta, pero bien pegado a la pared.
Órale, hasta cien.
Es un chingo.
Yo ahorita conté hasta cincuenta.
Y ni haciendo trampa ganas.
Ya, empieza a contar, órale.
La neta es que yo no quería jugar a esto.
Yo tampoco, es de güercos babosos.
Ve y sácate el balón.
Pídelo tú, Güela Librada no lo suelta sin poner como palo de gallinero al que vaya, como si ya le hubiéramos roto un vidrio.
Y eso si nos lo presta…
Porque puede ser que salgamos cagaleados y ni madre de balón.
¿Vas a contar o no?
Ya, córranle.
Uno-dos-tres-cuatro-cinco-seis-siete-ocho-nueve…
Despacio, güey.
Sí, no mameis.
Va, llorones, va, escóndanse pues.
Y tú deja de voltear, cabrón.
Mejor tú deja de chingar.
Vámonos, vámonos.
Uno, dos, tres, cuatro…
¿Ya ves? Qué te cuesta.
Y si se puede, más despacio.
Uno. Dos. Tres. Cuatro. Cinco. Seis. Siete. Ocho.
La oscuridad que imaginaba en el pozo y la oscuridad de mi escondite supremo quedaron unidas en mis recuerdos, como dos noches a las que no las

puede separar un día, y se vuelven la misma, una sola, única, monstruosa noche gigante que hace desaparecer todo el mundo.

Vuelvo a estar dentro del ropero, vuelvo a escuchar las voces que se acercan y luego se alejan. Me quedo dormido otra vez. Me despierto y es como si cayera desde otra dimensión. No es una caída larga, es apenas como si me elevara, desprendiéndome de la base de madera del ropero, una nada, separando mi peso apenas lo suficiente para que el polvo pueda seguirse acomodando debajo de mí, un espacio donde no cabe ni un respiro, un único latido del aire. Es un vuelo pequeñito el mío.

Y luego me caigo.

Sin saber dónde estaba. Todo oscuro hasta el infinito. Las cosas a mi alrededor habían desaparecido.

Debía ser igual que en el pozo.

Negro todo. Sabes que estás en algún lugar, pero no puedes nombrarlo. Estás de camino, de paso, cayendo aceleradamente hacia hacerte polvo. Sabes que sí, que existes, pero no dónde estás. Y para estar seguro de que sigues vivo la prueba es que sientas algo y que sepas dónde estás.

Porque los fantasmas sienten cosas, pero no saben dónde están.

Los muertos están en algún lugar, pero ya no sienten nada.

Los que se mueren en vida, de pura tristeza, del dolor de haber perdido a alguien, nada más sienten, a lo bruto, sin entender y sin siquiera querer saber dónde se encuentran. Perdidos dentro de sus recuerdos.

Los que no saben dónde está alguien a quien quieren, ellos viven una muerte ajena. Se van borrando, como si desparecer fuera la forma que han encontrado para reunirse con esos que perdieron.

Nunca le voy a decir a nadie estas cosas. Para qué, si no me van a entender.

A veces imaginaba que un hombre lograba sobrevivir a la larga caída hasta el fondo del pozo. La telaraña de una araña gigante, muerta hace mucho tiempo, lo detenía al final. Se rompían los hilos con su peso, y todo lo demás que caía se destruía al llegar al suelo.

Después del golpe despertaría, quizá con la sensación de la caída haciéndolo temblar, gritar, recorriéndole el cuerpo como el frío que da el miedo. Se sentiría el hombre más solo del mundo, sabría que en eso se había convertido al llegar ahí, en el más desgraciado, el más irrescatable. Sabría que está en algún lugar, pero no podría decirse a sí mismo dónde, no podría decírselo a nadie.

Imaginaba que el pozo estaba maldito y que todos sobrevivían, pero que cada caída terminaba en un lugar diferente, todos igual de amarrados a la noche debajo de la tierra. No volvían a ver a nadie, nadie los volvía a ver nunca. En el centro de la nada, flotando. Una burbuja de oscuridad. A igual distancia de todas las cosas y de todas las personas que alguna vez amaron o que alguna vez odiaron o que alguna vez les fueron indiferentes. Invisibles para el mundo, para las personas con quienes habían compartido su vida, toda o en pedazos, y de las que le habían sido desconocidas y de ahora en adelante lo serían ya para siempre, para el resto del tiempo.

Imaginaba que tanta soledad, toda la que cabía en esas cuevas interminables se les metía al corazón, a los hombres, a las mujeres, a los niños que arrojaban unos tipos que parecen gente pero son perros, perros enfermos de rabia, imaginaba que la soledad se les metía en el corazón, se los cargaba de tanto peso que se les quedaba quieto, dejaba de latir, se les volvía tan chiquito que se les perdía en el pecho, y se ponían fríos, se volvían piedras de la cueva, y la tierra nada más esperaba que se cansaran de una vez, que se sentaran, se recargaran, para volverlos estatuas de lodo, secas, tierra, polvo.

La oscuridad con la que chocaban mis ojos cada vez que los cerraba en el escondite supremo, cada vez que los abría, se volvía una misma oscuridad con la del pozo, cosida con el hilo de mis párpados, que no hacían ninguna diferencia, que no podía contenerlas.

Mientras estaba dentro del ropero, cuando ya no aguantaba estar ahí, me sentía desesperado y empezaba a faltarme el aire, buscaba la puerta y encontraba la llave metida en el cerrojo, así que la abría un poco. Pero luego luego sentía que estaba traicionando el juego, porque el chiste era esconderse lo mejor que se pudiera, y cerraba la puerta otra vez, y trataba de tranquilizarme como pudiera, pensando en cosas, inventando que estaba en otro lado, y conseguía adormilarme, y al rato ya estaba dormido otra vez, a lo mejor de puros nervios, y más después me volvía a despertar, y volvía a comenzar.

Ahora, cuando lo recuerdo, la oscuridad se convierte en algo como un velo que cubre todo el pozo, el ropero de la casa abandonada, mis ojos. Un velo inmenso que cubre el mundo entero, que abraza todas las cosas, pero sólo se deja ver en donde no hay luz. Recuerdo a don Serafín, que decía que para él todos éramos invisibles. Eso veía él todo el tiempo. Ese velo. Oscuridad. Noche. Igual que estar enterrado, a mucha profundidad, más allá de las raíces y las madrigueras de animales salvajes. Cuántas piedras te cierran los ojos y la boca.

Ya para qué te mueres, si ya estás en ese otro lado, si ya eres una sombra.

Soledad para siempre, envolviéndote como lluvia cerrada. Todo es negro y se cierne sobre ti. Te hace olvidar en qué lugar estás, y desde cuándo. Te pierde. Te pierde de ti.

Lo hacían de noche, traían las máquinas
  durante el día, en plataformas sobre
  los tráiler, pero las echaban a andar
  de noche.
No se escondían de nadie.
No necesitaban.
En pleno día nos llevaban.
Balaceaban casas.
Hacían sus desmadres
  valiéndoles madre pura chingada que los
  viéramos medio mundo.
La tiradera de casas empezaba a medianoche.
A esa hora en la que el silencio ya tiene rato que
  se hizo entero.
Era para que no se nos fuera ni una.
Para que oyéramos.
El quebradero de paredes.
Los techos derrumbándose.
La placa en pedazos,
piedras y piedras y piedras
cayéndose,
saliendo disparadas del fregadazo,
la calle regada de cascotes y materiales polvillo
  cemento lajas arena riscos piedra bola de
  vuelta todos a como eran antes de que los

84

mezclaran, aquí nunca hubo casa, aquí nadie
   levantó nada.
Querían que oyéramos,
que no durmiera nadie.
Que cada trancazo de las máquinas nos
   retumbara en los huesos.
Que sintiéramos que los escombros nos caían
   en la cabeza.
Que la polvadera se nos pegara a todos
   en la desvelada,
en la garganta,
que no nos dejara respirar,
que se nos clavara en el cuerpo.
Varillas saliéndose del concreto.
La casa nuestra destripada, la casa que era
   nuestra, que era casa.
Cascotes rebotando por las calles a oscuras.
Mosaicos y vidrios rompiéndose en pedazos que
   se volvían a romper en pedazos más perdidos,
   haciendo por esconderse, para que no los
   vieran ya.
Querían que soñáramos con eso,
con los gritos de las casas,
que muy apenas resistían un golpe o dos,
que se caían,
pandeándose como hierbas secas
para el lado de la muerte.

Esperaba que el pueblo se alcanzara a divisar mucho antes de que llegara. Pero no. Lo vi hasta que la primera casa estuvo a unos cincuenta pasos. El brillo de la luna apenas me alcanzaba para no perder el borde de la carretera.

La mitad del camino la pasé sin ver ningún carro, ni de ida ni de regreso. Todo a mi alrededor era desierto. Cerros en el horizonte. Nopales y candelillas. Gobernadora por todas partes. Mezquites de vez en cuando. Sólo en el cielo pasaban cosas.

Volteaba la cabeza para ver cómo, entre las nubes, se dibujaban manchas de estrellas; eran semillas aventadas al ahí se va, sin puntería, tiradas alrededor de un surco de oscuridad, invisible en el cielo de la noche. Habían quedado muy juntas encima de mí, aunque a las orillas, más abajo, más al centro, atrás, había manchas sin estrellas, oscuras como el agua de noche, como si ahí hubiera algo malo que debía provocar el rechazo de las pequeñas luces, algo muerto, como los animales que apestan con su podredumbre alguna zona del solar donde no jugamos durante mucho tiempo. Otras estrellas eran dueñas de un espacio amplio, suyo, se veían a gusto porque tenían lugar para brillar a sus anchas. Pensé que podían sentir la luz de las otras estrellas, se hacían compañía, pero también podían dejar de verse cuando quisieran estar solas. Esas eran las que más me gustaban. Se veían enteras con su luz, sin confundirse con el resto, se sostenían en su lugar, sin apartarse, se movían sin escaparse.

Volteaba la cabeza al cielo sin dejar de caminar. Con el cuello estirado, después de un rato empezaba a sentirme raro, confundido de hacia dónde movía los pies, como si perdiera contacto con mi cuerpo, que se seguía moviendo sin que yo se lo pidiera.

Mi cuello podía medir dos metros o dar varias vueltas y yo no lo sabría. Mis brazos eran como de cera derretida y se escurrían cada vez más lejos. Mis piernas estaban arriba y mi panza abajo. El suelo se empinaba y se volteaba al revés y yo ni en cuenta, nomás lo presentía, allá a lo lejos, como si el cuerpo caminara por un lado y la cabeza sintiera las cosas por el otro y se platicaran todo esto, pero no todo, más bien a medias, guardándose secretos. La tierra se hundía y el cielo bajaba de niveles y todo se convertía en otra cosa.

Sentí que me mareaba pero no dejé de voltear hacia arriba. Casi me voy de espaldas. Tardé en recuperar las sensaciones de mi cuerpo. Ahí estaba, igual que antes, pero sentía la sangre correr más deprisa por debajo de la piel. Me senté un rato en el polvo, a recuperarme, sin importar que me ensuciara el pantalón. Volví a caminar y no tardé ni diez pasos en voltear al cielo. La noche acá abajo era aburrida. Pero arriba era otra cosa. Las estrellas otra vez bajaban tanto que me convencían de que podía tocarlas. Otra vez el mareo, pero me aguantaba.

No podía dejar de ver. Caminaba más lento. Las estrellas, en sus amontonaderos, y las otras en su soledad, me divertían. No necesitaba parpadear. Ahí había luz y oscuridad en sus justas medidas. Las solitarias me confortaban. Los pedazos negros me daban miedo. Lo intentaba, pero no podía dejar de verlos.

Miraba el cielo mientras caminaba por la carretera solitaria, oscura. De vez en cuando las luces de un camión barrían el desierto y me enfocaban durante un segundo. Luego, de vuelta a la oscuridad. Eso me distraía del miedo.

Tenía, mucho.

Se mezclaba con otras cosas que de pronto descubría en mi cabeza, o en mi pecho, pero nada alcanzaba a cambiarle el color al miedo.

Ese color tan intenso que tiene, un negro muy negro. Difícil de diluir. Como con las plastilinas, se me ocurrió, y me puse a acordarme del día en que nos pusimos a jugar con unas que no debíamos. Me gustó eso de contarme una historia yo solo. Me servía para olvidar. Para salirme de ese otro camino que me recorría por dentro.

Abrimos los tres paquetes que las tías nos habían comprado. Nos dijeron que no lo hiciéramos, que eran para la escuela, pero ahí fuimos, como si nos hubieran dicho que había premio si nos atrevíamos. Las barritas de colores se convirtieron en bolitas de colores. Las amasábamos, sintiendo cómo se quedaba pegado algo del material en nuestras manos. Sólo los más chicos jugábamos a eso. Ahora me doy cuenta de que hacerse grande es dejar de jugar a lo divertido y querer estar siempre con cara de aburrido, como si fuera manda. Pues no. Ande no, como decía Güela Librada. Yo tenía cinco años, y dos de mis primos, seis. Ya les habían pedido en la escuela un paquete de esos a cada uno. El otro era el mío, y me lo habían comprado nada más porque sí, para que jugara con ellos y todos tuviéramos con qué.

Los dejamos inservibles. Luego de hacer tortillas de plastilina que se quedaban embarradas en el suelo, y que había que rascar con las uñas, moldeábamos largas tiritas que cruzaban media sala de la casa y se rompían, y las volvíamos a unir pero las seguíamos alargando y se volvían a romper. Hicimos animalitos, un gallo, una vaca, un gato, un elefante, un águila que parecía paloma; hicimos un castillo con dos torres y entrada de puente, que no se quedaba de pie; hicimos una pistola con todo y balas; hicimos un fantasma grandotote, y nos pusimos garras de hombre lobo en las puntas de los dedos, que al intentar encajárnoslas unos a otros se doblaban y se nos caían; hicimos puro pinche mugrero, miren cómo quedó la mesita de centro que era de mi mamá, gritó Güela Librada.

No pudimos dejar la plastilina como estaba. Lo intentamos un buen rato. Los colores estaban todos mezclados. Habíamos hecho bolas de distintos tamaños, pero ninguna era verde, blanca o naranja. Así que chingue su madre: juntamos todo. Hicimos una pelotota de plastilina. Era de un color grisáceo que no tenía ninguna de las barras de al principio. En ella se asomaban cachitos de colores, parecidos a los granitos o más bien a las vetas que tenían algunas piedras que nos encontrábamos. Parecía un planeta lejano, de esos que salen en las fotos de los libros. De un color apagado, feo.

Nos pusieron una pinche regañadota.

De aquella vez me quedé con la duda de si al mezclar cosas distintas siempre sale lo mismo. Un color gris, sin chiste, algo que no quieres para ti. He pensado que quizá podría ser de otra manera, que las cosas que menos te gustan queden debajo de todo lo demás. Que el color que no sirva, el que te hace sentir chingadera y no sabes bien ni por qué, al final se confunda con los otros, los que sí quieres.

Aun así, en el camino no podía juntar el miedo con nada. Me emocionaba ir a Los Arroyos. Quería que mi mamá y mi papá estuvieran ahí. Quería que me reconocieran. Estaban en el pueblo, los sentía muy lejos, aunque no lo estuvieran tanto. Saber que los conocería pronto, que podría saber quiénes eran con sólo topármelos en la calle o al verlos sentados a la sombra del porche de una casa enfrente de la plaza me hacía sonreír, sin sentir casi que se movían las orillas de mi boca, más para mí que para que alguien pudiera verlo.

No sabía ni dónde vivían, pero eso no iba a detenerme. Tenía miedo también de que me hubieran olvidado. Si no, me preguntaba, por qué nunca me visitaban, por qué me habían dejado ahí con la Güela Librada y las tías, por qué nunca me escribían o me mandaban un regalo o me visitaban en sueños para decirme que nada importaba y que sí me querían, que deveras me querían, que no le hiciera caso a mis primos.

No quería que mis papás se enojaran conmigo. Aunque yo también tenía razón de estar enojado con ellos, de odiarlos, pero no, no quería sentir eso, sólo deseaba que me abrazaran, que me metieran con ellos a su casa, que me dijeran que desde hacía mucho tenían un cuarto listo para mí. Quería pasar la noche durmiendo en mi nueva cama sin que los dos dejaran de verme, que me diera un beso mi mamá, que mi papá me abrazara, y encontrarlos ahí, sin que se hubieran alejado de mi sueño, al otro día, y que la luz del sol sellara para siempre la promesa de que no me iban a dejar solo otra vez nunca más, nunca más.

Si me distraía, recordaba lo enojado que me ponía a veces. Con papá. Con mamá. A mi abuela la odiaba, aunque a veces no, nada más le tenía un miedo que guardaba silencio, que no hacía ruido, presente, bien presente nomás. Igual que en ese momento me daba miedo el camino. Las manos me sudaban, como si le estuvieran dando vueltas a mi corazón, aplanándolo con fuerza, manchándose de sus colores, manoseándolo, obligándolo a ser de otra forma, de otra distinta que se notaba que no quería ser. Pero el negro ahí estaba. Se iba y volvía de la superficie de la masa. Tú pensabas que ya no lo ibas a ver y regresaba, más intenso, más negro. Ahí estaba. Ahí seguía. No se iba.

El último día se echaron el rancho.
Era nuevo, medio lejos del pueblo.
Era del par de alacranes.
El nido, así lo conocíamos.
Donde guardaban las armas, la merca, el dinero.
Por eso se empeñaron así con el lugar, los que
  llegaron luego.
Por eso se tomaron el tiempo para arrancarla con
  todo y cimientos. Con todo y todo, vámonos a
  la chingada.
Muerto el perro, le siguieron con la manada.
No se detuvieron cuando vieron que ya no
  había nada de casa, le siguieron, cómo
  chingados no, escarbaron y escarbaron más,
  amontonando la tierra por donde se pudiera,
  hasta que empezaron a llegar camiones
  para llevarse tanto cerro de tierra negra,
  parecía que el desierto se había entrado hasta
  la casa, allá hasta donde antes estaba, ahora
  pura tierra y puras piedras, de la finca ni su
  recuerdo, porque de eso se trataba.
De sacarse la bala y quemarse la herida,
dejar chica cicatriz, pero en los otros.
Escarbarles un pozo en la piel.
Profundo, el pozo.

Llegó la madrugada y no se detuvieron.
Seguían sacando montones de tierra y más tierra.
Vaciaron el terreno.
Quedó un agujero nomás.
Aplanaron todo alrededor.
Quedó un pozo al que no se le ve el fondo.
Dicen que ni así se conformaron, que le pararon
    porque algún derrumbe les bajó la rabia.
Es que la tierra se hundió, solita.
Se hartó, dijimos.

El cielo tenía luz.

Las estrellas con sus formaciones extrañas.

Con sus charcos de oscuridad.

En silencio.

Todas esas luces tan bonitas estaban tan lejos que ni yo ni nadie podía escucharlas.

¿Cómo es la voz del cielo?

¿Qué ruido hace cuando se mueve, o cuando se queda quieto?

No sabía a quién preguntarle.

Quizá nadie en el mundo lo sabía.

Ese pensamiento me llenaba de tristeza. Debería haber, a fuerza, alguien que supiera cómo responder a mi pregunta. Siempre había alguien. Un adulto, alguien diferente a mí, alguien que siempre no soy yo.

La luna volvió a aparecer.

Una uña cortada, sobrante, tirada como sea en la noche del cielo.

Mezquites.

Matorrales.

Cercas de palo y alambre de púas.

Grillos.

Un ruidito como de animales, de algo vivo.

O quizá fuera así como sonaba el cielo cuando el ruido de sus cosas chocaba contra la tierra fría.

Ecos de carros que pasaban cerca pero no por la carretera, un poco alejados.

Y mi corazón.

Fuerte, latiendo, muy fuerte.

A veces enloquecido.

Por el miedo.

No es posible mezclarlo bien con nada.

No se puede.

Su color vence a todos los demás colores.

Quizá sea cosa de mirar hacia otro lado.

De no mirar lo que sea que el miedo te pone enfrente, como un conductor cabrón que te corta el camino con un autobús inmenso. Que te echa encima la lámina del carro la moto el camión.

Yo sé lo que quiero ver.

Yo sé lo que quiero oír.

A veces, la luz del cielo y su silencio.

Lo que está lejos.

A veces, la oscuridad de la tierra y sus ruidos que llegan a aturdir.

Lo que está cerca.

Lo que parece que está cerca y lo que se ve como si estuviera lejos.

Todo está dentro. En mi cabeza. Detrás de mis ojos. Cada cosa me habla desde mi corazón.

Que las escucháramos caer
y que las oliéramos arder.
Empezaron a incendiar casas, corrales, carros,
camionetas, muebles amontonados a mitad
de la calle.
Que la ceniza hiciera durar la noche el doble de
sus horas.
Que se nos metiera en la nariz y en los
pulmones.
Que nos quitara el aire, nos dejara en los sueños
sin resuello.
Y que tuviéramos que cerrar bien las cortinas,
para no ver el resplandor.
Cerrar los ojos.
Hacernos locos y fingir que dormíamos, que
hombres y mujeres pueden dormir mientras
el infierno se aparece más delante en la
misma cuadra, invadía como la viruela
el pueblo, nos acechaba desde la casa de
junto como la fiebre que se lleva a la gente
a la tumba.
Cerrar la boca y la garganta.
Que el corazón nos latiera más despacito, para
que nadie se enterara.

Lo hacían por diversión.
Porque se aburrieron de tanta jodedera con
las máquinas, con la balaceada.
Y si traían gasolina y cerillos,
pos qué chingados, quién les iba a parar el pedo.

Tú no tienes padre ni madre. Todos tus primos ya están con los suyos, donde les toca. Los que se fueron lejos, del otro lado, o de este, en algún pueblo perdido o en una de esas ciudades fufurufas, los muy cabrones, como si no fueran jodidos, pero lejos, donde les tocó, hasta donde les alcanzó la feria. A los que se quedaron cerca, los veo pero poquito, al menos no diario, pero ahí andan. Todos dicen y juran que van a venir en diciembre, para las fiestas, pero no es fácil, yo lo sé, y no dejé que nadie me prometiera nada, yo puras verdades, no me juren, cuando los vea aquí les voy a creer.

La cosa es que ninguno me ha dejado de mandar en estos meses, algo, lo que sea. Me vienen a dejar bolsas de mandado, frutas, latas, algo. De ahí comes, aunque podría ser que no te tocara nada, y sería lo justo, porque bien que la familia y que la chingada, y que hay que ayudarnos y darle al que no tiene, pero tu mamá se pasó de pendeja, le creyó al fulano ese, nomás porque llegaba en camioneta y venía desde Los Arroyos y era suelto con la morralla, y donde suenan monedas a lo mejor hay billetes, y las promesas son miel para el jodido, así que ahí va tu madre a abrir las piernas, y todo eso de que te vas conmigo, chiquitita, allá soy gente importante, vas a tener casa y todo conmigo, o por lo menos es lo que ella me decía que él decía, porque de pronto, nada, se acabó el amor, apenas se habían ido, sin mi autorización y sin casarse, a lo puro pendejo, unos meses de vida suelta y para atrás los fílderes, que llega tu madre con el rabo entre las patas y con tremenda panzota, y del fulano ni el polvo, un vientre que crece es el mejor remedio para los ánimos, adiós, si te vi no me acuerdo.

Cuando te hablen de amor y de ilusiones
y te ofrezcan un sol y un cielo entero,
si te acuerdas de mí no me menciones
porque vas a sentir amor del bueno.

Güela Librada se ponía muy mal cuando tomaba. Se volvía canija, le salía lo pinche. Pero también se ponía a cantar. Puros pedazos de canciones. Nunca le pregunté el motivo, a veces pensaba que era porque no se las sabía completas. A veces que porque así le daba su rechingada gana, que era la razón más fuerte que tenía para todo.

Aunque luego se arrepentía, o eso digo yo, de ser cabrona, de pegarme unos dos o tres trancazos, y ponerme como lazo de marrano, bien cagado, con pura maldición gacha, y los golpes hasta eso no muy recio. Luego no volvía a decir ninguna de esas cosas, hasta que se ponía burra de nuevo y tenía la mala suerte de atravesármele en el camino.

Ya nada más yo le quedaba.

Tú no, nunca has tenido papá y la verdad es que a tu mamá le vales madre. Se va, regresa, te pare, se vuelve a ir, deja que sus hermanas y yo nos hagamos responsables. Así fue siempre, cuando se le ponía, andaba de loca y a veces se iba y no regresaba en una semana, porque es una pinche puta, nomás eso, nunca va a ser otra cosa, y pobrecito de ti, Chaparro, pero algún día hay que empezar a saber las cosas cabronas de la vida. La vida es cabrona, que no se te olvide, te duele, te castiga, te niega las cosas. Te da lo que no necesitas y con eso te tienes que arreglar. Y ni para dónde hacerse; no hay. Así es y vele pensando desde ahorita que nada tiene arreglo. Así es y uno se chinga.

Silencio. Un trago. Dos. Más silencio y arremetía de nuevo:

Y ni que estuvieras tan chiquito, lo que pasa es que no has crecido. Ojalá y des el estirón, porque si no qué joda, y te hagas un hombre de a deveras, a ver si entonces vas y buscas a tu papá, ese pendejo, y le reclamas, a ver si para luego te crecen los huevos suficientes como para ir a cantarle que eres su hijo, encuéntralo primero, pregunta por un mamoncete engreído de camionetota y muy hocicón, uno que parece que tuvo un taller, no tiene pierde, dile que no le saque y que te responda, o por lo menos reconozca que eres igualito a él, porque has de ser, me acuerdo que era jolino, enano, y se ponía botas para compensar, y porque a nosotras no te pareces, mijito, es la verdad, has de estar pintado a tu pinche padre, y si sí pues entonces espero que no seas como él, que no salgas cabrón y huyas de tus responsabilidades y te valga el mundo, ¿me oyes? Nomás que salgas así, te vas a acordar de mí. Espero que no, que seas diferente, aunque tampoco quiero que te vayas a parecer a tu puta madre, otra a la que le vale Wilson;

quiero que seas otra cosa, Chaparro, que no te rajes
y que te parezcas a mí, ¿verdad que sí? Que nada te
tumbe y aguantes vara, aguantes mucho, todo, sin
caerte.

Y si quieren saber de tu pasado
es preciso decir una mentira:
di que vienes de allá,
de un mundo raro,
que no sabes llorar,
que no entiendes de amor
y que nunca has amado.

Cantaba despacito, para adentro, como acor-
dándose de la vida, de lo que ya no tenía, de todo y
de nada, porque es preferible quedarse en blanco, yo
sé, a que todo lo que se te fue se te regrese de golpe.
Y las cosas que decía me las decía sin despegarse
de la botella, ya vacía, y sin dejar de clavarme su
mirada de marcar caballos, ojos de loca, que se cla-
van como el fierro caliente en la piel, la queman, la
dejan inservible, nomás con una herida que todo el
mundo va a ver y que quiere decir que tienes dueño
y destino.
Vas a ir a decirle que eres su hijo. Que tienes
derecho a su nombre y su apellido, a su ayuda, a
que te pida perdón y que te reciba en su casa, y si
no puede por angas o mangas que dé algo para que
la pases un tiempo, que te debe, te debe mucho. Ve
y reclámaselo, dile que te dé lo que te toca, porque
eres una desgracia, y es por él, es su culpa. Y luego
vienes a decirme qué te dijo, no me quiero morir
con la duda.

A veces era peor. A veces se le soltaba la mano. Daba buenos guamazos, la pinche Güela Librada, pero con todo no tan fuertes. A veces me agarraba del cuello de la camisa, del pelo de la cabeza, de una oreja, de donde primero hallara, para jalonearme, para zarandearme bien zarandeado. Y en el último tirón…

Ay.

Allá va a dar.

El Chaparro.

A veces me pegaba con el puño, pero eso casi nunca, más bien era casi siempre con la mano abierta, así, una guantada, una cachetada, para que aprendiera, para que no se me olvidara, y también para desquitar su coraje, porque yo o alguien o el mundo entero la había hartado y era la única manera. Pero casi nunca pasaba. Deveras. O me hubiera ido antes. O en una de esas hasta se la hubiera regresado.

Tenía la mano pesada, ay, la Güela Librada. A veces me salía e iba a la tienda de don Seras con la cara ardiendo del trancazo, o con la espalda roja, y aunque no me lo podía ver, algo me oía el señor, porque me regalaba un refresco, sin decirme nada, como para que se me olvidara, ya pasó, pero sin palabras, con un gesto. Metía la mano al refrigerador, sacaba una botella, la destapaba golpeándola con la mano contra el borde de la mesa.

Qué pasó, Chaparro, qué dicen los que andan a caballo.

Yo me reía, o hacía como que me reía. Pensaba que así se me iba a olvidar más pronto.

Pero los golpes que dan los que dicen que te quieren, o los que tú sabes que deberían de quererte, no se olvidan nunca, se entierran nomás, nomás se esconden.

Y si quieren saber de mi pasado
es preciso decir otra mentira:
les diré que llegué
de un mundo raro,
que no sé del dolor,
que triunfé en el amor
y que nunca he llorado.

Luego esa vez, la última vez, se quedó dormida. Algo me hizo decidirme. Ahora sabía de Los Arroyos, ahora tenía un nombre, también mis ganas de saber más y de irme lejos. Tenía mis anhelos de encontrarlos a los dos, juntos, y que ellos me encontraran a mí.

Esperé hasta que empezó a roncar. Luego agarré mis cosas. Me colgué la mochila. Fui a buscar a mis papás. Quería que todo fuera cierto. Quería, al mismo tiempo, que nada lo fuera. Que más allá del pueblo el mundo fuera nuevo, que mis sueños apenas lo empezaran a inventar.

Quién.
En cien kilómetros a la redonda.
Quién.
En doscientos o en quinientos.
Quién.
De aquí a la frontera y de regreso.
Quién se encuentra entre las piernas los huevos
  suficientes.
Quién.
Por aire, por tierra, a caballo, en carro o a pata.
Quién vergas.
A ver.
Que hable ahorita, que levante la mano si no
  tiene miedo de que se la corten con todo y
  brazo y cuerpo, que lo amputen entero de esta
  vida igual que a un dedo con gangrena, igual
  que a un grano seco.
Que grite y que se atreva.

A ver.
No, ¿verdá?
Nadie.
Si ya decíamos…
los oíamos que decían.

Sólo una vez me alejé del camino. No faltaba mucho para llegar. El paisaje cerrado del desierto nocturno había empezado a cambiar no muy atrás. Ahora había otra vez árboles grandes y tupidos a los lados de la carretera. Una sensación de frescura me hizo descansar un poco sin dejar de caminar, solté los brazos y las piernas, estaba entumido de todo el cuerpo y no me había dado cuenta. Humedad. El río estaba cerca, y alrededor de él, el pueblo. Y en éste, mi mamá y mi papá.

A lo lejos alcancé a ver unas camionetas montadas sobre la carretera que cruzaban sus luces sobre el asfalto. Quienes las habían acomodado así querían ver bien a los que se acercaran. Querían que los demás conductores se enteraran de que ellos estaban ahí, cerrando el paso. Y, también, querían que nadie les viera la cara. La luz era su escudo, pensé, un escudo hecho de miedo.

Me detuve. Bajé del camino y me pegué a los árboles. Avancé un poco. Muy despacio, como si no quisiera darme cuenta.

El viento mecía en desorden las ramas y la hierba, venía del pueblo, pasaba por encima de las camionetas, de los hombres que las custodiaban, llegaba hasta mí y me enfriaba la piel de la cara y los brazos. Había empezado a sudar, y la piel se me había puesto sucia y pegostiosa.

Vi sombras. Varios hombres que se movían detrás de las luces. Traían armas grandes, se alcanzaban a ver los cañones largos.

Se movían de un lado a otro de la carretera a oscuras. El viento me traía sus gritos, sus voces entre enojadas y nerviosas.

En toda la 57 siempre hay retenes, de soldados, de policías, de malos. A veces los malos se visten de policías o de militares. Todos usan las mismas metralletas para obligar a los choferes a detener sus carros. Eso que traen colgando es un aviso de *pobre pendejo el que intente pelarse.*

En un mismo viaje, corto, menos de una hora, uno puede encontrarse con varios retenes durante el día. Dicen que la cosa se pone peor de noche. Por eso todo mundo se olvida de que tiene carro, o cosas que hacer fuera del pueblo, en el momento en el que el sol se esconde.

La verdad es que dejan pasar a todos, los uniformados mueven la mano diciendo *sígale no se pare sígale*, por debajo de los pañuelos que les cubren la mitad de la cara. Seguro porque ya te habían cachado todo desde antes, con una mirada algún otro que ni siquiera te enteras de que ahí estaba, que traías cola, o que te fildeaban desde abajo del camino con una cámara de rayos x, con lentes especiales y toda la cosa, con antenas para escuchar las conversaciones de un carro a otro, con satélites y drones, y así te pescaron, listo, ya sabían de ti lo que les interesa, no eres nadie, bórrate a la chingada.

Hijos de la perra panzona, decía Güela Librada, con coraje, cuando nos platicaba que el abuelo se los encontraba en el camino de regreso.

Te leen la mente, decía Nulfo, azorado, con envidia.

Es la merca. Eso quieren. La de ellos, pasa; la de los otros, no. Al que no paga, lo sientan.

En un mismo viaje te podías topar con gente de los tres bandos. Hay quien te puede decir que sabe distinguirlos, con disfraz o sin disfraz. Para mí todos son iguales, la misma gata pero de colores.

Cuando crezcas vas a poder.

Me crucé la cerca. Quería caminar por dentro de las tierras de labor a un lado del camino, que estaban recién segadas. Las plantas secas de maíz tapizaban el lugar y ofrecían uno que otro escondite ahí donde las habían amontonado.

Confiaba en que de tanto cuidar la entrada al pueblo, los sembradíos les valieran madre.

Al brincar el alambre, una púa se me clavó en la mochila. La estiré pero no se soltaba. Me desesperé al pensar que ya había estado demasiado tiempo a la vista, me solté los tirantes y me aventé por el terraplén para rodar hasta el campo, esperando no hacer mucho ruido.

Ese fue el primer momento en que estuve seguro de que alguien me iba a matar.

¿Qué chingados es eso?

Mátalo a la verga.

Y ahí quedó el Chaparro.

Se llamaba.

Pero no.

Me quedé como piedra. Alcé la vista el campo pareció alargarse ante mí. No iba a poder cruzar, nunca, ni en cien años. Me iba a tener que quedar ahí, aguantando la respiración lo más que pudiera, como el cobarde que era. El pecho me empezó a arder. Sería el golpe, o el polvo que respiraba de tanto hundir la cara en el suelo. Durante unos minutos no se oía nada. Era como si el aire se hubiera cansado de rodearme y se hubiera ido. Y eso era lo que dolía, respirar el vacío, que el aire se alejara de mí, tanto, que tenía que jalarlo muy fuerte para no ahogarme, porque la idea de que pudiera agarrarme un ataque de tos me helaba el cuerpo.

Respira, sí hay aire, me decía yo mismo, ya verás, respira.

Luego más silencio, más y más.

Hasta que un motor arrancó así, ruidoso, la explosión se burló del silencio del monte. Las camionetas arrancaron una detrás de la otra. Aceleraron, bufaron como toros a punto de soltarse. El chirrido de muchas llantas que se amarraban en la tierra y luego rayaban el pavimento.

Después, el silencio, otra vez, pero diferente. Sin que nada lo ahogara.

Todavía esperé otro rato para subir a la cerca y desganchar mi mochila. Ya no sabía ni para qué la quería, no tenía nada de hambre, y estaba seguro de que el resto de mi vida no me iba a volver a dar.

Sentía la boca seca, la lengua como de cartón, pero no quise tomarme el jugo porque tenía miedo de que el líquido no pudiera bajarme por la garganta. La sentía cerrada. Mi cuerpo, cualquier cosa que viniera de él, cualquier sentimiento, de no ser el miedo, me parecía ridículo, de sobra, tonto.

Respira, pensaba, respira. Eso era lo único importante.

Empecé a llorar. Sentía las lágrimas bajar por mi cara y estrellarse en mis manos. Lo que más me sorprendía era no estar totalmente seco por dentro.

Pasé otro rato más tirado a dos pasos de la cerca, agachado entre los árboles, y sólo me asomé cuando dejé de sentir que el corazón se me iba a salir. Podía respirar. De puro milagro. Pensé que mi cuerpo ya se acordaba otra vez de cómo vivir.

El camino estaba desierto, oscuro.

Ningún retén, ni un vigilante solitario, nada.

Me acerqué al lugar donde habían estado las camionetas, sin despegarme de la cerca y sin salir del refugio de los árboles.

Nada. Rayones negros. Bachas de cigarro ardiendo.

Ya casi no corría el aire. Muy apenas se sentía. Parecía que no quisiera que nadie notara que iba pasando. Igual que yo. Silencio. El viento era tan delgado que no alcanzaba a traer los ruidos de las camionetas. O de plano me había tardado tanto en levantarme que ya habían cruzado el pueblo y salido por el otro lado.

Empecé a caminar por en medio de la carretera, pisando la línea blanca que divide los carriles. Delante de mí las nogaleras se volvían más tupidas, se cerraban sobre el camino, oscureciéndolo del todo. Las ramas se apretaban encima de mi cabeza, se juntaban, borraban el cielo. Veía sólo unas cuantas estrellas que se alcanzaban a asomar. Faltaba el último tramo para llegar a Los Arroyos. La carretera hacía curva y desaparecía.

Se lo vamos a decir, pues.
¿Que cuándo? Sí, ya, ahorita, qué prisa, qué
   prisa pues.

Las casas ya estaban vacías.
Bueno, sin nadie. Deshabitadas. Así.
Las camionetas regresaban, con las cajas vacías
   y bien dispuestas.
Van parriba las teles, los juegos de comedor, las
   recámaras, bolsas de basura llenas de sepa dios
   qué cosas, pero lo más probable es que de todo
   lo que todavía sirviera.
Van parriba refris y microondas, cocinas
   integrales, lámparas y computadoras.
Sin acomodar, así nomás, al puro chilazo.
Amontonado todo en la caja, lo que había sido
   de otros, lo que era un hogar.
Parecía, a lo lejos, que las camionetas iban
   cargadas con cuerpos desmembrados.

Al otro día
hallábamos
cosas tiradas en el camino.
Como el reguero podrido que dejan los leprosos.
Así nomás,

una vida aventada al ahí se va.
Muchas vidas.
Les valía pura madre.
Al rato volvíamos a asomarnos
y ya no estaban.

La casa fosforecía cada vez más, a medida que me acercaba a ella.

Sus paredes parecían reaccionar así a la escasa luz que conseguía traspasar el techo de ramas que cubría la entrada al pueblo.

El resultado era un color extraño, como si la hubieran pintado con el brillo de una vela a punto de apagarse diluido en agua, pero no en agua transparente, sino en agua con mucha arena flotando.

Verde, pero azul, pero plateada.

Me pregunté qué tonalidad tendría cuando la iluminara el sol.

Pensé que su color nocturno era el que tendrían los fantasmas. Nunca había visto ninguno. O eso creía. Aún hoy no sabría explicar cómo era si alguien me lo preguntara.

La casa era apenas un par de cuartos. Ventana con barrotes al frente y techo de dos aguas. Brillaba, era un foco moribundo contra la negrura de los nogales amontonados. Una brasa que ya no despide calor, pero su ceniza parecía conformarse con guardar una luz que es fría y no ilumina. Un recuerdo que se niega a morir.

Más allá, los árboles empezaban a espaciarse. Le abrían paso a otras casas. Una a la izquierda, otra más delante a la derecha. Un poco más allá la arboleda se abría por fin y las casas aparecían seguidas, casi encimadas unas con otras, formadas como niños en la primaria, hombro con hombro.

Fachadas planas. Ventanas enrejadas, con barrotes tan gruesos que parecían viviendas de locos peligrosos. Casas todas iguales. Techos de dos aguas, de lámina o teja, para que resbalen la lluvia y el sol. Igual que en mi pueblo.

Todas brillaban así. Las habían pintado con lo que sobró de un relámpago, después de una tormenta.

Casi todas. Le di la vuelta a la cuadra y llegué a otra parte del pueblo. Una donde había casas más nuevas.

Jardines al frente. Ventanales grandes. Dos pisos. Columnas en la entrada. Casas de otra parte, recién llegadas de la ciudad, alguien las arrancó de allá y se las trajo.

Ahí estaban las primeras ruinas.

Tenían el mismo color de la tierra, parecían estar hechas de lodo.

Las paredes derrumbadas, los bloques agarrados al enjarre, el yeso sucio, formaban montículos como los de los hormigueros. Si te acercas, son miles de piedritas y terrones amontonados. Las tripas se asomaban por los boquetes. Eso quedaba de la casa.

Avancé por la calle, sin acercarme a la banqueta, porque los escombros tapaban el paso, y en la siguiente cuadra me encontré otra casa derrumbada. Era diferente. Parecía que un tanque de guerra, lo podía imaginar, se había abierto paso por la entrada y no paró hasta que hundió su hocico de fierro en el patio. Era como si dos manos hubieran abierto la casa por la mitad, igual que se parte un coco y se abandonan las mitades luego de aplastar la pulpa, dejándola que se secara y retorciera con el sol.

Caminé y seguí encontrando casas derrumbadas. Ruinas que no habían caído por sí solas. Se necesitaba un terremoto o una inundación cabroncísima que bajara con toda la fuerza del agua por los cerros más altos para llevarse tantas casas.

Pero entonces, ¿por qué unas sí y otras no? ¿Cómo elige la naturaleza a quién mata y a quién deja en paz?, pensé.

Luego de pasar frente a otra casa derrumbada, me di cuenta de que no sabía bien adónde me dirigía. Estaba perdido en el pueblo. Sabía hacia dónde estaba la salida, pero nada más, y no pensaba regresarme así nomás a la casa de Güela Librada, donde me esperaban cintarazos y mentadas de madre, lo menos, por haberme ido.

Di vuelta en una esquina y el olor de la ceniza me atravesó la garganta. Le habían prendido fuego a los restos de otra construcción. Olía a gasolina quemada. El aire mezclaba sabores, entre dulces y amargos. Las cercas que separaban el terreno de las casas vecinas estaban manchadas de tizne, ahí donde las llamas se habían alzado por encima de los techos quedaban las huellas negras en la pintura.

Me pregunté por qué tanta casa destruida. Los cerros de escombro se iban acumulando a un lado y otro de la calle. Algunos en cenizas, otros, de plano el único recuerdo que quedaba eran las varillas retorcidas de los castillos arrancados, las losetas pegadas al piso que brillaban en pedazos, los ladrillos restantes de una chimenea, las escaleras a medio destruir que ya no llevaban a ningún lado.

Parecía que las paredes habían sido construidas con la arcilla del río, que pertenecían a casas moldeadas con el mismo lodo en el que descansaban. Imaginé a hombres y mujeres quitándose la tierra que les había quedado pegada a las manos, a la ropa, antes de meterse a vivir en esas construcciones suyas. De pronto llega un gigante y pisotea los techos, camina sobre los jardines, avienta patadas a diestra y siniestra y no queda más que esto. Montículos de tierra, restos de restos, nada arrinconada para que se la lleve arrastrando la próxima temporada de lluvias.

Casitas sin chiste, todas iguales. Luego casotas más padres. Luego otra vez casas planas, sin chiste, sin adornos, o en todo caso una maceta en la ventana. Igualitas, repetidas. Me daba la sensación de que pasaba otra vez por el mismo lugar, luego encontraba otro derrumbe y no, era diferente, así, cada montón de escombros era distinto, como si la destrucción fuera la única que podía guiarme esa noche, confirmarme que no caminaba en círculos.

Otra vez pensé en un hormiguero. Imaginé un túnel oculto debajo de los escombros. Se alargaba por debajo de la tierra, por ahí habían huido quienes vivían en la casa, lograron escapar justo cuando oyeron el primer crujido en la pared del frente. Bajaron a la tierra agarrándose a las piedras, se dejaron caer, prefirieron perderse en las entrañas del mundo que enfrentarse al monstruo que masticaba su hogar.

Caminaba entre casas que parecían muertas. O casas de aparecidos.

Unas brillaban un poco, otras se tragaban la luz, como agujeros en la tierra que caen tan profundo que la luz se gasta antes de alcanzar a iluminar.

Un pueblo fantasma donde todas las puertas se quedaban abiertas de noche. Todas abiertas. Como si las casas intentaran gritar pero se hubieran quedado sin voz.

Decían, gritaban más bien, a media calle
  nosotros ya acabamos.
Lléguenle.

Y le llegábamos.

Buitres.

Así nomás.

Al principio nos quedábamos viendo. Los
  unos a los otros. Nos juntábamos en una
  esquina, lejos. Veíamos la casa, sola,
  la puerta abierta.

Lléguenle.

Uno se acercaba primero. Y de ahí nos
  dejábamos ir todos.

Arrimábamos la camioneta, una carretilla,
  traíamos bolsas y costales vacíos, cajas de
  cartón para acarrear y poder con más, para
  aprovechar las vueltas.

La familia completa. Íbamos en bola.

Para cargar cosas grandes.

Rezábamos para que hubieran dejado alguna cosa grande.

Nos llevábamos lo que había.

Lo arrecholábamos por ahí y nos regresábamos en joda.

¿A pensar qué?

Si ya no le servían a nadie.

Se las iban a volar de todos modos, rateros, maleantes, gente de fuera, para qué tanto tentarse el alma.

Mejor que se quedaran aquí mismo, que no salieran del pueblo.

Mejor nosotros que alguien más.

Los gritos

Quién si no él podría escucharlos. Quién mejor que un alma acostumbrada a conocer el mundo a través de sus ruidos, con el oído como la puerta de entrada para cruzar de la oscuridad hacia él, para quien la realidad nunca iba a ser otra cosa distinta a un enorme tejido de identidades vibratorias que dan cuenta e informan de las vidas, de la vida que lo rodea.

Un niño ciego en la familia era una desgracia que había que explicar de alguna manera. El padre quiso hacerlo mediante los pecados de la madre. Ese hijo tuyo, le decía, y enseguida criticaba al morrillo que, sentado afuera, debajo de los árboles al fondo del patio, sonreía con la mirada vacía y perdida, y la cabeza alzada para encontrar mejor el canto de los pájaros.

Dios te castigó, mala mujer, qué habrás hecho para que tu primogénito te saliera así, impedido. Luego de los reclamos matutinos, Serafín se iba a abrir la tienda del pueblo, a tomarse unas cervezas entre un cliente y otro, a maldecir su vida pero ocultarle al qué dirán lo desgraciado que era.

Llegó el día en que, luego de renegar de su hijo, salió de la casa sin las llaves de la tienda, dejó plantados a los proveedores ese día, y se fue caminando hasta la carretera, donde un camión de pasajeros que quién sabe para dónde iba lo recogió y nadie nunca lo volvió a ver.

Desde entonces, Ana, la madre de Seras, descansó, se hizo cargo de la tienda en cuanto vinieron a preguntar que dónde estaba el señor Serafín, que tenía que recibirles la mercancía. Dejó de preocuparse de que el niño escuchara las brutalidades que salían del hocico del que era su padre, le dijo un día que se había muerto allá donde andaba, le guardó luto un día entero y cuando se percató de que el único testigo que le importaba de aquel fingimiento no podría nunca ver la ropa negra con la que supuestamente vestía su dolor, su dizque pérdida, e inauguraba su viudez, dejó el asunto en paz y en su casa nunca se volvió a hablar de eso.

Seras era amable y puntual. Poseía la inteligencia empática y desprendida de aquellos que conocen bien las limitaciones de la vida, pero que han decidido por encima de sus circunstancias no amargarse, aunque estén a veces demasiado cerca, y que dan gracias con sus actos diarios por un milagro que pareciera ocurrir sólo para ellos.

Recorría el pueblo sin ayuda de bastón o guía humana, aunque más de un vecino se ofrecía a conducirlo con bien a su destino cuando lo veían dar sus pasos cortos y ritmados siempre por la calle, nunca por las banquetas. Así era, o parecía, más libre, más a sus anchas.

Gracias, respondía, me faltan nada más cuarenta y dos pasos, no se moleste que ya mero llego.

Entregaba los pedidos de la tienda, y aunque se tardaba su buen rato, siempre cumplía con cada encargo. No necesitaba Ana recordarle nada. Seras tenía, además, una memoria que parecía haber calcado el mapa del pueblo en algún momento antes de existir él, antes de haber nacido con los ojos apagados, sin luz, y el dibujo se le hubiera quedado para siempre dentro de su cabeza sin ninguna ventana, impreso bien a la mano para esos ojos del alma serenos e infalibles con los que los invidentes cubren la falta de un sentido, menos agudo tal vez, menos preciso quizá, a la larga, como es el de la vista.

Sólo una vez Ana se preocupó por su hijo. El morro tendría, qué, unos ocho o nueve años cuando escuchó los gritos.

Casi no se oyen, dijo a la mañana siguiente, porque fue de noche, una en la que hubo mucho viento, cuando sucedió.

Ana al principio creyó que se trataba de un sueño extraño del niño, algo entre la pesadilla y la alucinación, y no quiso darle importancia. Cuando su hijo le preguntó qué querían las voces, qué decían, porque parece que hablaban de algo muy urgente, porque gritaban también, ella respondió que no sabía, pero que lo más probable es que no fuera nada, que las voces ni siquiera existieran, que eran de aire como el viento, aire que se mueve y pasa por donde no debe y se le hace una voz como de túnel o de barranco. También le preguntaba si en algún momento se habían callado, y él le contestaba que sí, entonces ella le decía que quizá alguien más en alguna otra parte del mundo las había escuchado y había atendido a lo que pedían, o había entendido lo que eran.

Pues no que no existen…

No, no existen.

¿Y si las vuelvo a escuchar?

No va a pasar, hijo, a la noche duérmete sin pendiente.

Pasó el día y llegó la hora de irse a acostar. Seras, cuando ya llevaba un rato dormido, volvió a escuchar los gritos.

Había comprendido que al decírselo a su madre la había alterado, decidió no confesarle que había vuelto a ocurrirle. Sólo pondría mucha atención a ver qué decían las voces.

Pero no era algo que pudiera entenderse con claridad. Los gritos le llegaban en olas confusas. Duraban un buen rato, cada noche, siempre por la madrugada, pero no podía entender nada. Era como si hablaran con palabras quebradas. Cualquier mensaje era irreconocible.

Le pareció una cosa buena que su madre no escuchara nada. Si dormía, nada conseguía despertarla. Si se desvelaba o el insomnio la incordiaba tampoco parecía percibir el apagado apuro de los gritos, su contenido reclamo.

Provenían de debajo de la tierra, lo supo de pronto una noche, cuando pensó que podía llegar a entender las voces si pudiera escucharlas más de cerca. Quizá las bocas que proferían los gritos no estaban muy lejos de ahí, o, si se equivocaba y le llegaban después de recorrer mucha distancia, debían surgir enteros de allá abajo, y en el camino la hoja afilada del viento los desbastaba hasta volverlos astillas.

El asunto hubiera podido seguir así unos días más, quizá hasta de manera indefinida, el morrillo curioseando entre los gritos que viajaban desde debajo de la tierra y luego se montaban en la oscuridad y el silencio de las noches, sin entender gran cosa, un poco aburrido a esas alturas de la repetición, cada vez menos intrigado o algo más acostumbrado, que viene a ser lo mismo, pero la cosa cambió cuando Seras se soñó caminando en dirección a los gritos.

Tres noches seguidas se soñó en ese trance. Se dirigía hacia el origen de esas voces transidas de desesperación. Hacia el corazón de un misterio que sólo él escuchaba.

Aquello era imposible. Él sabía andar por el pueblo, sin ayuda, conocía de memoria cada esquina, cada piedra y cada puerta, cada árbol y cada cerca, pero cómo era capaz de salir al monte, a caminar de noche, sin tropezar, con paso amplio y seguro, uno que nunca usaba, que lo hacía desconocerse. No podía ser.

Pero así se soñaba.

La cuarta noche estaba dispuesto a salir en silencio de casa para encarnarse en el sueño.

Cada paso, supuso, le costaría sudor y sangre. No conocía el terreno, las piedras aparecerían por donde menos las esperara, los arbustos bravos y los nopales, las hierbas lo estarían esperando con sus espinas para clavársele muy dentro.

Seras tenía miedo y pensó en que lo mejor sería vivir el resto de sus días, de sus noches, a merced de los gritos y sus fragmentados mensajes que nunca iba a ser capaz de entender.

Salió de su casa y se detuvo afuera, antes de dar el segundo paso, después de cerrar la puerta. Respiró hondo para llenarse del aire frío de la noche, para fundir sus instintos vivos a todo lo que la oscuridad cobijaba, y poder así atravesar el despoblado, y poder asimismo regresar con bien. Estiró el brazo hacia atrás, por pura nostalgia anticipada y fantasiosa de la casa que estaba a punto de dejar. Encontró sin esperarlo una rama de nogal, torcida en algunas partes, pero bastante recta y lo suficientemente larga para servirle de cayado. Pensó un segundo en quién podía haberla puesto ahí, quién y de dónde la había traído. La tocó a lo largo y notó que no tenía una sola rama u hoja. Lo aceptó, el hecho, como había estado aceptando las cosas extraordinarias que le pasaban desde hacía mucho.

Empezó a caminar. Al principio dudando, luego imaginando que caminaba, de tan parejo y despejado que encontraba el camino, por una calle de las del pueblo, que se había vuelto de pronto tan larga que nomás no se acababa nunca.

Los gritos lo llevaban en brazos. Eso parecía. Igual de torturados, pero cada vez más dotados de realidad y de historia. Cada vez menos fantasmas.

Fueron dos horas. Tres. Cinco. Los números perdieron la batalla al intentar medir el tiempo que transcurre a campo abierto. En los circuitos de la cabeza y el cuerpo de Seras sólo importaba la experiencia abrumadora, total, de atravesar las oscuridades de afuera y de adentro. Hasta que las voces se detuvieron.

Sintió vértigo. Un vértigo que provenía de una presencia, o más bien de un vacío. Había llegado al borde de un pozo a mitad del desierto. Tuvo miedo. Delante estaba la caída. Deslizó los pies un poco hacia atrás, para sentirse un poco a salvo de esa entidad que lo envolvía con su imponente ser.

La punta de la rama tentó en el suelo y dejó encontrar tierra y piedras. La firmeza del desierto se abrió y en su lugar dejó una nada desesperante, hambrienta.

Un aire frío, que le helaba la piel, empezó a rodearlo.

Luego, de nuevo, ahí estaban los gritos.

Pedían que los sacaran de ahí. Voces interrumpidas por el espanto. Reclamos a dios, desdichados y descreídos, como si supieran que no había forma de que sus palabras subterráneas pudieran llegar tan alto algún día. Insultos, groserías, mentadas de madre subían por las paredes igual que las serpientes. Pero sobre todo llantos, lamentos, ayes cargados de sufrimientos, mucho dolor, gritos de angustia, gritos deformados de tanto golpearse contra las paredes del pozo al intentar salir, gritos de locura y de una lucidez más terrible, gritos desgarrados, gritos como implosiones de la luz de una estrella, de miles de estrellas, gritos más negros que la oscuridad de la que emergían.

Se quedó ahí, de pie, escuchando, aterrado de entender al fin. Cuando se sintió un poco menos hecho de piedra tentó con la vara el borde del pozo. Lo rodeó. No era pequeño, uno de esos socavones que se abren de pronto en la tierra, ya sea porque hay un río subterráneo que ha minado la integridad del subsuelo, o porque ahí abajo hay una cueva de paredes y techos delgados, no era eso, no era así, se trataba de un monstruo que podía tragarse a varios hombres de una sola vez.

¿Qué hacer con lo que escuchaba, con lo que llevaba escuchando tanto tiempo, y que apenas ahora entendía? No podía memorizarlo todo, eran demasiadas historias tan reducidas a fragmentos, era imposible entender todo, había que quedarse demasiado con una y eran cientos, miles, era imposible, nunca podría repetirlo todo, además, a quién, para qué, con qué finalidad. Si otra voz lo dijera, él lo sabía, cambiaría la naturaleza, la vida que las voces encierran, sería su voz un despojo de lo que en realidad eran los gritos.

Sólo le quedaba escuchar.

Lo hizo hasta poco antes de que amaneciera.

Luego volvió a casa.

Sucedía cada año, poco antes de que llegara el invierno.

Seras escuchaba las voces, salía de noche y encontraba como por brujería el camino al pozo.

Y escuchaba.

No hablaba, nunca. No sabía qué decirles ni si ahí debajo había oídos a los que dirigirse.

Ana murió. Ya grande, anciana, luego de una vida bien llevada.

El morrito ciego creció y se hizo cargo de la tienda.

Hubo años en los que no se volvieron a oír los gritos.

Parecía que cada una de las voces había encontrado la paz que le correspondía. Luego de tanto vagar buscando un oído. Luego de tanto desvelo en los terrenos de la noche. Ya no convocaban al testigo cuya presencia les podía hacer sentir que todo era real, que no se imaginaban una vida de castigos desde el infierno a oscuras que habitaban. Que su vida había sido real. Que alguien lo sabía y lo recordaba. El sufrimiento, la muerte, la negrura.

Silencio ahora.

La vara, quieta, a un lado de la puerta, por años.

Pero volvieron, los gritos. Esta vez más fuertes, de improviso, como cosechados por una mano cruel, armada de odio. Más gritos que nunca antes escuchó Seras, ya hombre mayor, que a veces le daba por pensar que había soñado todas esas salidas nocturnas al pozo y a los gritos. No, le dijo el aire negro que llenaba todo afuera, nada que lo soñaste. Todo fue y ahora vuelve a ser.

Se resistió todo lo que pudo a su conciencia. La tienda, el deber, la edad, lo peligroso y cabrón que el mundo se había vuelto.

Una noche, derrotado, salió. Tomó la vara y se encaminó hacia los gritos.

Metros antes de llegar al pozo se encontró con una casa, unas paredes que no estaban antes ahí lo ocultaban.

Cuando superó su desconcierto buscó una forma de entrar. Los gritos se escuchaban cargados con una desesperación nueva, recién hecha.

Encontró una puerta entreabierta. Entró.

Nunca regresó a casa. No volvió a sentir el sol en la cara, o el aire de la noche revolviéndole el cabello.

Llegué a la plaza. No había ni un alma en las calles. Miré hacia todos lados y no encontré ni una luz encendida, ni una farola, ni una ventana. Sólo la luna me permitía ver que las casas alrededor de la plaza principal tenían las puertas abiertas.

El silencio tan concentrado hacía que el aire casi se pudiera beber.

Eran tragos que no saciarían a ningún sediento, pero sí podrían ahogarlo.

¿Había llegado de verdad a Los Arroyos o me había perdido? Podía encontrarme en cualquier otro pueblo de por aquí. Se parecen, son iguales, son casi el mismo. Calle principal, la única pavimentada; casitas, muchas o no tantas, que llegan hasta la plaza; la iglesia, la presidencia, árboles cayéndose por el calor del mediodía.

¿Di vuelta a la derecha o a la izquierda? ¿Me había dado cuenta de adónde iba, o me perdí por andar pensando en todo y nada? ¿Dónde estaba? La plaza bien pudo haber sido el cementerio, por la oscuridad que se empozaba en el centro y por las bancas de piedra que se llenaban de hojas sucias. ¿Si yo no sabía dónde estaba exactamente era porque había llegado, sin darme cuenta ni saber cómo, a uno de esos pueblos que dicen que están al otro lado de la vida, donde viven los muertos? ¿Mi papá y mi mamá estaban muertos y la región de los fantasmas me había encontrado a mí para que pudiera reunirme con ellos?

¿Era la única forma? Lo llegué a pensar, muy rápido y como de lado, porque me daba miedo, pero también me consolaba. Si tenía que morirme para estar con ellos, estaba bien, estaría mejor todo así, ya no había barreras ni tumbas ni bardas de panteones que nos separaran, íbamos a estar juntos, me iban a abrazar, juntos juntitos. Pero no, me decía, no, yo sentía que la vida apenas iba a empezar, la mía, y la de ellos, porque… cómo podrían estar vivos del todo, vivos sin tenerme, a su hijo. Así como me lo imaginaba, agarrados los tres de la mano, viéndolos yo hacia arriba, ellos viéndome hacia abajo, a mi altura donde nada miro si no es con sus ojos, altos, mis papás, mamá que me sonríe, papá que no me suelta.

Estar muerto no es estar con nadie, recordé. Estar muerto es quedarse solo, incluso sin ti mismo. ¿Cómo era posible que tuviera que perderme para encontrar a mis papás? Me senté en una de las bancas de piedra de la orilla de la plaza. Estaba llorando. A qué hora había empezado que ni cuenta me di.

El tiempo pasaba muy despacio, con pies de minutos cansados y las horas con miedo de juntarse.

El pueblo seguía quieto. Nada a mi alrededor se movía, todo parecía hecho de piedra, incluso la yerba rala que apenas crecía por encima del polvo. Subí los pies a la banca. Abracé la mochila, valiéndome si quebraba las galletas, ya qué chingados importaba nada.

Quise quedarme dormido hasta que el sol me despertara en la mañana y ver a los niños jugando entre los árboles, señores que me miraran con pena y ofrecieran llevarme a una cocina donde se juntara el calorcito de la estufa, donde oliera a café, donde la gente se juntara a comer con tortillas recién hechas, a platicar con las manos limpias pero cansadas de tanto echarle al jale, a reírse de nada y muy de vez en cuando, donde el más contento de todos canta un pedacito de algo nomás porque sí, y los demás se quedan oyendo, y no dicen nada, aprecian, escuchan, se acuerdan, quizá de la primera vez que la oyeron, hace un chingo, muy serios porque saben que esas canciones no le hacen mal a nadie, aunque sean tristes, son alegres muy a su manera, y se cuentan las mismas cosas, y eso es suficiente, yo lo quisiera, que no tengo nada ahorita.

La noche era tan fría que empecé a temblar.

Recargué la cabeza en el respaldo de la banca, duro como la chingada, y aunque dice Güela Librada que tengo la cabeza de piedra, ahí nos dábamos, pero no, me ganaba. Me acurruqué en un rincón de la banca y quise rezar algo, lo que fuera, pero no podía acordarme de nada, como si esas palabras que dicen que sirven para llegar al cielo, para que alguien te escuche allá, se hubieran ido de la cabeza.

Abrí los ojos y ahí estaba la niña.

Chiquita. Más que yo. Unos seis años. Cerquita. Me miraba con curiosidad, extrañada.

Me preguntó cómo te llamas.

El vestidito verde le llegaba a las rodillas. Iba descalza. Pensé que debía calarle el frío, más que a mí, pero no temblaba, no parecía sentir lo mismo que yo. Tenía el cabello liso, muy claro, pensé que en mi casa, de puros morenos, unos más prietos que otros, ella sería la güera pelos de elote, aunque no lo fuera tanto. Seguramente era la consentida de su casa; en la mía, Güela Librada no la pondría a hacer ningún quehacer, sería la reina, y con razón, pensé, con justa razón.

Chaparro. Bueno, así me dicen.

Se rió, tapándose la boca con las dos manos, exagerando al esconder los dientes.

¿Tienes frío?

No, mentí.

¿Ya te vieron?

Al preguntarme se puso seria de golpe. Su voz cambió, le salió dura, adulta.

No… ¿o quién?

Sin decir nada más se dio la vuelta y echó a caminar para cruzar la calle. Cuando llegó al borde de la plaza, volteó a buscarme. Yo seguía sentado en la banca. Me levanté y mientras me colgaba la mochila me di cuenta de que seguía teniendo frío, pero ya no lo sentía igual. Lo sentía un poquito menos.

Rodeamos la iglesia, caminamos pegando el hombro a la pared, agachados, yo más, a una barda muy alta que se extendía a lo largo de toda la cuadra. Llegamos a la esquina y cruzamos la calle. Unos pasos más adelante encontramos una puerta metálica cerrada. Era la primera que veía que no estaba abierta.

La lámina se doblaba en una esquina. La niña metió el brazo por el hueco y la puerta se abrió. Entramos. La puerta rechinó, despacio, pero en ese silencio tan pesado parecía que el ruido más pequeño podía agrandarse en el aire, igual que los círculos que se forman en el agua estancada cuando se tiran piedras. La noche estaba tan callada que cualquier sonido podía llenarla de cosas ajenas, dejarla marcada.

Imaginé que en las afueras del pueblo alguien alcanzaría a escuchar el ruido como si fuera el de un tráiler que derrapa. Un trueno o una piedra que se quiebra.

Tuve miedo.

Otra vez, tuve miedo.

Me pidió que la ayudara a cerrar. El pasador se atoraba, no podía sola. Me recargué en la lámina con demasiada fuerza y otro chingadazo resonó alrededor de los dos, como si la puerta se hubiera soldado con la oscuridad que había afuera.

Las paredes de la casa temblaron. Cerré los ojos, esperando que alguien llegara por nosotros, como esperando el golpe, las piedras que te van a moler, la tierra que te va a tapar.

Pero no pasó nada.

Ven, me dijo la niña, vamos.

La segunda vez no nos tardamos nada.
Lléguenle.
Y le llegábamos pero al tiro.
Ya íbamos preparados.
Cuerdas para amarrar las cosas que se podían
    arrastrar.
Mochilas y bolsas para esculcar los cajones
    y las puertitas de los muebles y clavar
    los joyeros y lo que hubiera escondido.

Haga de cuenta una jauría de perros callejeros,
    hambrientos y rabiosos.
Ahí íbamos, detrás de los lobos.
A lo que dejaban.
A distancia, pero siguiéndoles los pasos.

Esperando la orden.
Lléguenle.

Tres camas, una arriba de la otra. Los colchones sin sábana. Una torre de televisiones viejas en la esquina. Sillas de respaldo alto volteadas sobre una mesa muy larga.

Sobre otra mesa, platos, vasos, cucharas y tenedores a puños.

Frascos, cajas y bolsas llenas de algo por todo el piso.

Botellas de licor formadas en fila; las vacías aventadas en un rincón.

Una vitrina con los cristales estrellados recargada contra la pared.

En medio de todo, un quinqué encendido con la llama muy baja.

Casi no había piso libre por dónde caminar. Le sacamos la vuelta al amontonadero y nos metimos debajo de una mesa. Ahí nos acomodamos, sentados encima de unos sacos de grano.

¿De quién es todo esto? Parece una bodega…

No me contestó. Yo no quería seguir escuchando el silencio y le pregunté:

¿Por qué hay tantas cosas?

Se las trajeron.

¿De dónde?

De todos lados.

Cada vez que volteaba a ver las cosas, las que alcanzaba a ver por debajo de la mesa, amontonadas, me parecía que ninguna se llevaba bien con las demás, que habían ido a dar ahí sin querer, y que todavía no habían tenido tiempo de acostumbrarse entre ellas. Si tuvieran ojos, se hubieran volteado a ver con desconfianza. No parecía que nadie fuera a usarlas nunca. No parecía una casa. Parecía un cuarto de tiliches, de esos donde se tiran los trastos que ya nadie va a usar pero que da hueva ir a tirar más lejos. Hueva o avaricia, nomás por no dárselas a nadie, y por eso las destinas a la habitación a la que nadie entra, ahí donde se pueden quedar a pudrirse a gusto, hasta que deshacerse de ellas se vuelva una cosa urgente. Eso, pero del tamaño de toda la casa. Para juntar y juntar tiliches y tilichones que nomás al entrar ahí ya se volvían inútiles.

¿Dónde están tus papás?, le pregunté.

Movió la cabeza, hacia los lados, muy fuerte.

Aquí no.

No podía ver sus ojos entre las sombras que no lograba vencer la débil luz del quinqué, sólo distinguía su silueta, la orillita de su piel clara recortada contra lo oscuro. La oía respirar. O tal vez lo que oía era mi respiración. O la suya y la mía que sonaban al mismo tiempo.

Empecé a sentirme incómodo ahí adentro. Sentía que los muebles y las cosas consumían demasiado aire, como si por alguna ventana alguien siguiera metiendo bancos y cobijas, mecedoras, un refrigerador, cosas cada vez más grandes, un ataúd, una motocicleta, y cada vez hiciera más calor y hubiera menos espacio y menos manera de respirar.

¿Aquí vives?, pregunté, aunque sabía la respuesta, fue nada más por decir algo, sintiendo que empezaba a sudar y a sentir miedo otra vez.

No, dijo la niña, con su voz más suave, como si quisiera calmarme. Aquí están las cosas de mi casa, mi familia no.

¿No vives aquí?, dije preocupado al saber que quizá alguien viniera y nos sacara a golpes, ¿y dónde vives?

Sin decir nada, salió de nuestro escondite y se limpió el polvo de las manos sacudiéndolas contra el vestido.

Señaló hacia afuera, hacia la puerta.

Saliendo de debajo de la mesa, le pregunté que entonces quién vivía ahí.

Se puso un dedo sobre los labios y movió la mano para llamarme, pidiéndome que la siguiera.

Cruzamos dos cuartos en los que había el mismo amontonadero repetido. Saltamos y nos arrastramos, por encima y por debajo de las cosas, sin poder dar más de dos pasos seguidos. La maraña de muebles se iba cerrando cada vez más. Llegamos a una puerta que estaba tapada por una cobija colgada de dos clavos en los lados de la entrada.

Era el último cuarto de la casa. Alcanzaba a entrar algo de luz, muy poco, de la calle, flotando perdida en la noche del pueblo. En el cuarto donde estábamos había una ventana que daba al patio, las cosas amontonadas no alcanzaban a taparla. La cobija dejaba descubierta una franja de la parte superior de la puerta, y ahí sólo se alcanzaba a ver oscuridad. Esa rendija negra dejaba asomarse un pozo al que no quería entrar por nada del mundo.

La cobija estaba deshilachada por todas las orillas. La niña cogió uno de los hilachos y lo corrió para asomarse.

Alcanzó a escucharse un siseo, luego un ronquido corto, luego uno más largo. La persona dormida pronunciaba una erre que le pegaba la lengua al paladar, luego emitía otro siseo. Eran dos personas o una sola que dormía con la chingada sensación de que iba a ahogarse ahorita o más al rato, pero seguro no libraba la noche.

Abrí los brazos, le mostré las manos a la niña para preguntarle quién era ese, qué hacíamos ahí, y qué pasaría si él o ellos, porque a veces se oía como si se tratara de varias personas, se despertaban.

Dijo, casi sin voz:

Son los que se trajeron todo.

El ronquido se volvió un resuello violento, hubo un jalón de aire y al final un ronco *chingadaputamadre* casi dicho letra por letra, inválido.

Agarré a la niña de la mano que jalaba los hilachos de la cobija, la jalé e intenté correr, encontrar entre tanta pendejada un camino más rápido que por el que habíamos llegado.

Cuando el primer altero de platos fue a estrellarse al piso sentí un frío y un calor muy grandes, como de agua que te moja y se seca en chinga, sensaciones mezcladas en todo el cuerpo.

Tiré una mesita, pateé un buró, aventé lejos todo lo que se me atravesaba sin importarme que lo moviera o no del camino. Me metí un chingadazo en la cabeza con algo, abrí la puerta, se armó un escándalo de la jodida, más ruido, más todavía, pero salimos, ya, vente, corre.

A tu casa, vamos a tu casa, le dije sin voltear a verla.

La solté sin darme cuenta, en la calle o ya cuando habíamos llegado a la banqueta, la solté, estando afuera, quizá cuando corrí a la desesperada el pasador de la puerta.

Las calles seguían igual que antes, sin nadie.

Todo en silencio otra vez. El ruido se había quedado dentro, del otro lado de la puerta de lámina.

En la esquina, había dicho, cruzando la calle.

La puerta estaba abierta.

Un charco de luz entraba al cuarto vacío. Luego no se veía casi nada dentro, sólo los otros charcos de luz que caían por las otras ventanas, revelando una hilera de cuartos vacíos.

En el suelo, una revista abierta, deshojada.

Vidrios, una silla rota.

Quise cerrar la puerta, pero al buscar a la niña no la encontré.

En lugar de sus ojos, que imaginé pequeños y asustados, encontré un cañón frente a mis ojos. Me apuntaba a la cabeza.

Corrientadas.
Vulgaridades.
Ordinarieces.
Qué nos viene a decir usted.
Si hubiera un motivo para todo esto más allá
    de la maldad
que todos llevamos en el corazón,
pero que no todos la sacamos a pasear así de
    cabronamente,
ya tendríamos contándosela un rato.
Pero no, señora, no, señor.
Aquí pasó algo muy malo.
Qué nos viene a decir usted.
Si todos deberíamos estar muertos.
Pero no nos dejaron de otra más que seguir
    vivos.
¿De verdad quiere saber lo que sentimos?
Haga de cuenta, para rápido,
que le sacan trescientas muelas
sin dormirle la boca.
Tiene usted razón: no tenemos tantas muelas.
Pero entonces
haga de cuenta
que le sacan tres,
luego veinte,

ahí se pone cabrona la cosa,
luego cien,
y todavía no acaban,
y todavía les falta.
Y así siguen los fierros yéndole y viniéndole del
*   hocico,*
chingos de sangre y saliva,
las encías que ya no pueden ni con su alma de
*   tanta raíz sacada,*
y siguen las muelas, los huesitos de masticar,
saliendo y saliendo.

Estuve ahí cuando derrumbaron la casa. Güela hacía años que se había muerto. Nulfo ya tenía hijos. Vivía en uno de los cuartos nuevos, al fondo del patio, en el espacio donde habían estado los dos pinabetes más grandes.

La tierra ya no se cubría de las agujas verdes que se desprendían de las ramas todo el año. Cada año se ponía más seca y más gris. A la mayor parte del patio la cubría ahora una capa de cemento que lo mantenía limpio. Fácil de barrer. No hay cómo barrer la tierra, decía Nulfo, terco como siempre, empeñado en hacer cosas que él cree que le solucionan la vida, pero en realidad no sirven para nada. No se le hicieron los tiros, aunque seguía siendo un cabrón bien hecho, aunque ahora una mueca de frustración le moldeaba la jeta todo el día, incluso en la noche, cuando soñaba con lo que nunca fue. Esposa y dos hijos. Un trabajo en Almadén. El camión lo recogía a las cinco cuarenta de la mañana a un lado de la carretera.

La primada se había ido desde hacía mucho.

Nunca volverás, paloma,
triste está el palomar,
solito quedó el palomo,

ahogándose entre sollozos
pues ya no puede llorar.

Unos se fueron del pueblo, otros cruzaron la
frontera, el resto se quedó y anda por ahí, cerca, alrededor de la casa donde crecimos. Pero lo primero
que pasó fue la desbandada. Un buen día, llegó el
papá de uno de los primos chicos y quesque se iban
a vivir al otro lado, la familia junta, ahora que se
podía. Agarró a mi tía y con huerco y vieja se cruzó
de nuevo, ahora sí con papeles, o eso decían a cada
rato, como para que no se nos fuera a olvidar, o para
creérsela ellos mismos, vete a saber.

Luego Armando. Mi otra tía pescó novio, de
Nuevo León, andaba de paso el ñor, y que se los
lleva también, como a tres horas de aquí. Nunca
volví a ver al Mandín.

Luego Chuntas, el bailador de la cuadra, que le
metía duro a la cumbia chola y a la polca, pinche
bato. Se fue siguiendo a la novia, se casaron en Piedras Negras, viven enfrente de la línea, a dos cua-
dras de la garita. Dice Güela Librada que quieren
volverse gringos por pura inercia. Y me dice que es
como el techo que se gotea en plena tormenta, la
ósmosis, y que uno llega a pensar que llueve más
adentro que afuera.

Pobrecito del palomo,
cansado está de sufrir.
Y mirando para el cielo
a dios le pide su muerte,
que así no quiere vivir.

Luego Turo y Toño, a la reja con todo y chivas, a vivir en Acuña.

Luego Pancho, que nunca me cayó bien por ojete.

Luego Lucas, el pato, le decíamos, y nunca se encabronaba, ni con sus papás por el pinche nombre que le pusieron, se fue bien contentote, con los dos, y pronto iba a tener una hermanita, dijo, ¿verdad que pueden venir a visitarnos?, le preguntó a mi tía.

Luego Pepe, Carlos, Abraham.

Luego Chilo, Miguelón.

Hasta que me quedé yo solo.

Hasta que me aburrí de jugar a esconderme de nadie, porque ganar siempre por la sencilla razón de que no hay quien te busque no es ganar nada. Al contrario, te das cuenta de todo lo que te quitaron al irse, todo lo que te arrebatan los demás cuando no están, porque por ti nadie vino. Ahí es donde te enteras lo que lo vales, dijo la Güela Librada.

Garo, Déivy, ¿a dónde chingados?, ¿por qué la prisa?, ¿no que íbamos a irnos a Almadén y allá íbamos a trabajar y a tener novias y a olvidarnos de este pinche pueblo pelón?

Juan, ¿por qué nadie me dijo, "vente, ahí cabes", bola de cabrones?

Pos ya nomás somos tú y yo, y no quiero batallar, eh, pórtese derecho que ya no le puede echar la culpa a nadie de sus chingaderas.

La cerca de troncos y alambre de púas ya no está. Ahora hay una barda de bloques macizos. Para ver lo que construyen del otro lado hay que subirse a un árbol, un pinabete que quedó. Pero yo ya no hago eso. Ni eso ni muchas otras cosas que antes me cansaba de hacer. Ya no hago casi nada.

Están construyendo una gasolinera. Parece que no va a ser muy grande. Dos bombas, todo el pueblo sabe. Ya no van a tener que ir a los pueblos o a la gas de la carretera a llenar los tanques de los carros.

Las marranas están abriendo el suelo, escarban, hacen un madral de ruido.

Todos los días las oigo.

No me quedan muchas otras cosas qué hacer por aquí.

Puro estar solo. Puro no saber dónde están.

Morirá el palomo porque así es la muerte
cuando hay soledad.
Mirará hacia el cielo y te verá volando,
te dará las gracias por esos recuerdos
y al cruzar, las alas que te cobijaron,
ahogará en sus sueños que no despertaron.

Nomás acordarme.

Nomás volver a vivir en los recuerdos lo que ya no se puede vivir.

Nomás ver cómo el tiempo acaba con todo lo que conocía.

Y ha pasado tanto tiempo, tanta muerte y tantas cosas, que un día se me olvidó todo. Ya no se puede sentir lo mismo.

Nomás queda estarse, irse olvidando de cómo es estar vivo, con todos, irse quedando. Atrás, donde ya no es de día.

Nomás ver, porque parece que desde hace rato se me olvidó cómo le hace uno para ponerse triste, para llorar, para que le duela lo que antes le dolía.

Algunos huyeron.
Se alcanzaron a pelar.
Algún pitazo les llegó.
Salieron de noche.
O de día, bien calladitos, como si fueran a la
tienda por cigarros pero apenas tocaron
las llantas del carro la calle, písale y patas pa
qué las quiero.
La puerta de la casa sin cerrar.
Dale pal puente, pariente, enseña la visa y pide
permiso, éntrale bien al gabacho porque la
idea es nunca salir.
Los focos prendidos como si hubiera alguien.
Todas las cosas ahí, como ofrendas del día
de muertos, para que lleguen asesinos y
carroñeros a arrasar con todo.
Eso eran, las casas abandonadas, un altar y un
sacrificio, poca cosa si uno lo piensa, a cambio
de la vida.

El miedo abre pozos en el aire.

Los años lijan el recuerdo que guardamos. De las cosas, de las personas. Lo alisan, lo achatan, le quitan las esquinas y las puntas. Lo van dejando como la pata de una mesa, redonda, bonita, aunque haya salido de un árbol torcido y feo. Qué caso tiene acordarnos de lo feo. Y como ahí no se detienen, poco a poco se lo van acabando. Lo enflacan, se lo acaban, lo convierten en virutas. Donde había un barrote tosco que te encajaba astillas, que te pesaba, te dejaba marcas sobre tu delgada piel de niño, ya sólo queda una varita que de todas maneras el tiempo no deja de desgastar. Cuando la mellada hoja de la herramienta, el cepillo o el escoplo, se pase, la maderita se va a quebrar, y ahí no se detiene la cuchilla. El filo siempre tiene hambre, se come la madera, devora los recuerdos, los quiebra en pedazos más pequeños, hasta que no son nada. Eso es el olvido.

No recuerdo ninguna otra vez que haya tenido tanto miedo. Me paralizó, hizo que la mitad de un segundo se arrastrara despacio hasta hacerla durar demasiado, hasta que ya no quedaba aire ahí. Y luego lo contrario, me empujó, me lanzó sin dirección, a algún lugar que estuviera lejos, afuera en el mundo, o adentro de mí.

Lo que pasó después, todo se me confunde.

Tenía miedo. Nunca lo diré lo suficiente. Nunca se agotará eso que sentía aunque lo diga desde ahora, en cada respiración que me quede, mientras no termine de cerrar los ojos y llegue la noche grande. Como nunca antes, así lo sentía, eso no es que lo recuerde, no lo necesito, porque lo llevo en mi cuerpo, ahí dentro, escondido, con todo lo que he sido y que no se va.

No digo que ya no quiero seguir contando.

Pero de aquí en adelante me faltan cosas. Otras se me revuelven.

Pasa lo mismo y lo mismo y lo mismo. Una y otra y otra vez. Cada vez que intento recordarlo. Cada vez que vuelve sin que yo lo busque.

Es una maraña de estambre a la que no le encuentro las puntas. Se me enreda en los pies. Camino por el patio de mi casa. El hilo se adelgaza, no me deja avanzar, se ensucia de todo lo que hay en la tierra. Se le hacen nudos por todos lados, se amarra a cosas muertas y las arrastra. Me pesan. El hilo se vuelve un cabello fino que se me clava en la carne.

Estoy corriendo.

Desesperado.

Quiero cruzar los cuartos. Podrían ser veinte o dos, no puedo contarlos, porque igual miden kilómetros, se alargan, se extienden hasta donde no puedo verles el final. Luego de mucho de un tiempo lento y mañoso que se me quedaba pegado a la piel, la alcanzo, no sé cómo, la puerta, no creo que pueda nunca volver a hacerlo, la puerta del patio que está abierta. Salgo, me aviento por ella como por un túnel.

La luz del cielo ilumina la tierra apisonada.

Al fondo, un solar de nogales.

No me detengo a reconocer nada de lo que está adelante. Lo descubro mientras corro, más rápido ahora, más, y me acerco. Los árboles, la oscuridad. Quiero seguir y seguir y saltar cercas y todos los obstáculos que todavía no he visto y que aún no tienen forma y atravesar pasillos y jardines y llegar a la calle la plaza la carretera el desierto allá afuera el patio la casa mi cama la casa mi cuarto el sueño.

Pero me caigo.

Piso una piedra y da vuelta y al suelo.

¿Es la primera vez que me caigo?

¿No fui a dar contra el piso dentro de la casa?

No puede ser, pienso, porque no recuerdo cómo me levanté.

Debe ser, si no de dónde este dolor en las costillas, como si hubiera recibido al suelo con el pecho.

Ni las manos metí.

Me raspo el brazo con los bloques pelones de una barda a medio levantar.

Güela Librada tiene un cuarto de herramientas al fondo del patio. Eran del abuelo, y por eso nadie puede entrar.

Que se pudran ahí solas, dice, y escupe al suelo.

Un cañón muy largo me apunta a la cabeza, justo en la frente. Una sombra de hombre alto y un ojo más oscuro me apunta a la cara.

Corro más rápido, y lo raro es que no sabía que se puede seguir corriendo tanto, y más y más rápido. ¿Hasta dónde me darán las piernas? Se me hace que si le doy más recio le voy a ganar a la luz, que dicen que es lo más rápido que existe.

Me caigo sobre piedras y hojas. En medio de un cuarto vacío. En la oscuridad fresca del solar. Me golpeo contra alteros de costales y sillas apiladas, me caigo en la casa de la esquina luego de que veo un cañón que me apunta en medio de los ojos.

Debo cerrar la puerta. Busco a la niña. La solté, no sé cuándo pero la solté, me caigo en el campo segado, me quedo pecho a tierra como animal que huele la muerte que le suda en los poros, la cabeza me da vueltas cuando me quedo viendo el cielo, cabeza arriba, mientras se me cae el cuerpo.

Chaparro, le digo sin contestarle bien, me llamo igual que mi papá, pero no lo conozco, y eso ya no lo digo, porque nunca he usado su nombre, no se lo ando diciendo a toda la gente.

Me golpeo con las ramas de una morera, quiero trepar, me mancho con las moras, parece que llego hasta arriba, dejo atrás todo, abajo, creo recordar que encuentro el cielo, siento que me voy a marear. Vuelo, te lo juro que vuelo.

Una piedra y el piso. O es una rama, o una botella, o nada. Tropiezo conmigo, porque a estas alturas me estorbo, y suelo.

El ojo del cañón se llama alma, y siento que todo el viento helado que me golpea en la cima del árbol sale de ahí.

Corro rápido, pero no lo suficiente. Más y más, y no es suficiente. Hasta donde me dan las piernas, y sigo en el mismo lugar donde empecé a correr.

Más atrás, incluso. Todavía más atrás.

Me caigo en el solar y suelto la pequeña mano.

Corro como caballo desbocado, por mí, pero no consigo nada. Nada cambia. Es como correr hacia atrás.

Quisiera poder volar. Una vez. Un minuto.

El cielo y sus estrellas y la oscuridad que las mantiene en su lugar y esconderme.

Nunca haber venido.

Poder recordar exactamente qué pasó, cómo fue que salí, cómo no me alcanzó una bala, si me dispararon, de dónde tanto frío, si trepé en la morera, cómo fue, por qué recuerdo cuando me levanté pero no cuando me caí.

Para podértelo contar.

A ver si así se sueltan los nudos.

A ver si así corro en línea recta, derecho, hasta que todo pase, deveras que pase y nunca vuelva, porque a veces siento que todavía voy corriendo.

Delante de nosotros van nuestros fantasmas.
Caminan con pasitos quietos,
casi no se mueven, o es el mundo
el que gira ya sin ellos.
Son una plegaria,
una oración a un dios que ya se cansó de oírnos,
una pesadilla que casi tocamos,
que se nos acerca mucho,
mucho, con los ojos cerrados,
y los abre
y despertamos.

Son lo que éramos
y lo que nunca podremos volver a ser.
Son el hueco que deja la tristeza
y por donde el diablo se mete al mundo.
Son nuestros.
No los dejamos ir.
Nunca lo haremos.

Después me acuerdo de la oscuridad. No es que la vea, es que dejo de ver y la siento. Me inunda cuando cierro los ojos. Cuando se apaga el día y las cosas pierden sus contornos, se quedan sin sombra, se funden en la noche.

Al pasar de los encandilamientos del mediodía a la cueva de una casa aislada con gruesas cortinas que atajan el sol en las ventanas, uno se saca de onda, las pupilas se cierran por dentro para no cegarse, y dejan de ver.

La oscuridad es la misma.

La misma.

La misma.

Siempre la misma.

La única oscuridad que existe.

Trepaba la morera, se me clavaban las ramas, no podía ver nada.

Entré en el solar de pinabetes y fue como quedarme ciego.

Cuando una mano está a punto de agarrarte, en un golpe, una guantada, un tirón, hay algo, un momento en el que, antes de sentir el contacto, lo empiezas a sentir, se adelanta, es lo que va a suceder, y empieza a pasar desde antes, como el calor de una brasa que no te quema porque no lo estás tocando aún, pero te avisa que eso es lo que te va a pasar. Lo sentí desde el instante en que vi el cañón apuntándome hasta que todo pasó. Alguien a punto de agarrarme. Una mano pesada, enorme, lista para jalarme con ella al infierno. Una bala que ya conoce el sabor de mi sangre y saborea con desesperación el momento de enterrarse en mi carne.

No importaba qué tan rápido corriera. Ahí, detrasito de mí, las balas y las garras. La muerte y la oscuridad.

No podía ver nada. Trepaba. Me aferraba a lo que hubiera más arriba. Quería llegar lo más alto que se pudiera. Arriba, hasta arriba, allá donde a cachos se miraba la luz del cielo estrellado.

Casi llegaba a las ramas altas, que sostenían la noche, cuando de pronto sentí que lo que me sostenía abría las manos, como si el mismo aire me soltara, se quebrara, con ramas y todo, doblándose y tronando, me las llevé de encuentro en mi camino al chingazo del suelo.

Otras ramas, el tronco, golpes. Me quebré en pedazos. Llegué al suelo y mis pedacitos se regaron por todas direcciones. Manchado de moras y sangre, rojo y morado, los colores de la semana santa, del calvario, o no, no me acuerdo, deberían ser. Deberían. Si no son, el que haya escogido otros diferentes nunca se ha puesto una madriza de a deveras. Toqué las raíces de un pinabete, toscas, torcidas y gruesas, hacían una cuevita debajo de ellas, viejas y secas. Me sostuve de ellas, me metí dentro y resbalé. Debajo se abría un pozo. También ese árbol muerto me soltó y seguí cayendo.

Había un taller automotriz, el más grande
de Los Arroyos.
Dicen que era del par de alacranes, de esos dos
jodidos que nomás vieron la forma de chingar
y chingaron, pero no nada más a los que
querían, sino a todo el pueblo.
Cuando los viejos buscaron en el pueblo a
dos batos bien fajados para nombrarlos sus
lugartenientes, ellos dijeron, ¿y para qué
le buscan más allá si ya nos encontraron?
Al principio los dos pinches mecánicos de pueblo
se volvieron gente de mucho respeto y poder, se
alzaron de a madre, se volvieron los dueños.
Luego, enseñaron el cobre bien cabrón.
Les pagaron una carga grande y esa fue la
primera vez que tuvieron en las manos más
dinero del que habían llegado a juntar todos
sus parientes desde cuatro generaciones atrás.
Así de billetes…
Luego, más cargas, más pagos, más lana, más
ambición y menos escrúpulos.
Dos meses estuvieron sin reportarse con sus
jefes, porque de plano se les había olvidado
que tenían superiores, que nada de aquello
era suyo, que nomás se iban a quedar con

migajas, grandecitas y sustanciosas, eso sí,
iban a ser ricos como nunca lo creyeron
posible, pero qué de qué, si ya no había vuelta
atrás, se clavaron todo y se largaron.

El taller se convirtió en el cuartel de los que
llegaron después.
Ahí llevaban los carros, las camionetas, los
tractores que se chingaban de las casas
saqueadas.
Los llevaban para desarmarlos, para cortarlos
con soplete.
Pedazo por pedazo, al fierro viejo.
Vendieron todo el material, por kilo, en el
negocio de reciclado de por aquí.
La grúa con la que arrastraban los carros
descompuestos también chingó a su madre.
La herramienta, el compresor, los elevadores,
todo destruido con mazo y soplete.
Del taller quedó un terreno pelón manchado de
aceite y gasolina.
Ni el tejabán dejaron.
Ni el alambre de púas de las bardas.
Todo a pudrirse al fierro viejo.
En eso terminó el nido.
Sin los alacranes.
Una pendejada, le decimos, una vil pendejada
nomás.
Y mírenos todos cómo andamos.

Escuché voces roncas, apuradas, golpeadas, de los hombres que corrían entre los árboles.

Vi las linternas, luces rectas que se cruzaban por encima de mí. Así me di cuenta de que estaba tirado en la tierra.

En la oscuridad.

No alcanzaba a entender nada de lo que decían. Todo estaba suelto, cada palabra, separada de las demás por un vacío que nada podía cruzar.

Estuvo. Pendejo. Ahorita. Importa. No. Órdenes. Quedas.

Pendejo, eso lo dijeron más veces que lo demás.

Dispararon a lo loco.

El aire se volvió sólido y tembló entero, se quejó, dejó vacía la noche. Eso pasa cuando te atraviesan bolas de fuego.

Fue lo último.

Estaba todo quebrado. Me dolía el cuerpo.

Antes de empezar a no estar, algo te cubre, te avisa que estás a punto, que ya no puedes seguir estando.

Estaba a punto de quedarme dormido.

Otra noche acababa de empezar. Me deslizaba despacio en ella.

Fue cuando alguien me cargó. Unos brazos me rodearon y me alzaron del suelo.

Las voces se escuchaban más fuerte, pero yo entendía cada vez menos.

Vamos. Pozo. Una vez. Pendejo. Tú. No. Tú. Al pozo. El pozo. Dónde. Pues que al pozo te digo.

De noche las ruinas parecen agujeros en el tapiz
   del pueblo.
Por ahí no se atreve a pasar ni la luz.
Por los hoyos sale un aliento frío y podrido
como si Los Arroyos fuera una boca llena de
   suciedad.
Por ahí mismo por donde se les sale el alma a los
   muertos.
Ahora que el alma de los vivos se les esconde muy
   dentro
cada vez que
ven
como no queriendo
de reojo
las ruinas.
El terror nos dejó muchos monumentos
para que nunca lo vayamos a olvidar.
¿Cómo nos íbamos a olvidar, aunque no
   estuvieran?

El día de muertos nos llevaban a todos a visitar a los papás de Güela Librada. Nos metían a la casita, nos sentaban alrededor de las lápidas con sus nombres. Yo tenía que hacer esfuerzo para entender las fechas, para imaginármelas siquiera. Podían ser garabatos, surcos en la piedra, puras rayas. Podían señalar días que todavía no habían pasado, o que nunca iban a pasar; los días en que se terminaría el mundo y nadie lo sabía, o los días en que había empezado a existir. En eso me entretenía mientras mis primos se molestaban unos a otros, los más grandes a los más chicos, y los más valemadristas se reían por la nada, así nomás.

Ahí va el madrazo de alguna de las tías, o de la mamá del payaso. Uno discreto, porque no querían molestar a Güela Librada, que desde que llegaba se volvía otra persona. Ese día no tomaba ni un sorbo de tequila, no fumaba. Casi no hablaba. Parecía que reservaba las palabras para cuando estuviera frente a las tumbas.

Les decía cuánto los extrañaba. Les daba la queja de sus hijas, que eran unas ingratas, y de nosotros, que éramos cerreros y todo ensuciábamos y le volteábamos la vida al revés, hijos de la chingada. Se disculpaba por las maldiciones que le llegaban a salir. Parecía que de a deveras le diera pena decir pendejo y cabrón. Se llevaba una mano a la cara, inclinaba la frente y decía perdón, papacito, perdón, mamacita, es que me sacan de quicio. Se acordaba de cuando ella era joven y ellos estaban vivos.

Lloraba. Mucho. Como si pudiera verlos ahí enfrente y apenas los fueran a bajar a la tierra. La cara se le llenaba de lágrimas. Todos, ahora sí, nos callábamos.

Allá al pie de la montaña
donde se oculta temprano el sol
quedó mi ranchito triste
y abandonada ya mi labor.

Cantaba con una voz que no parecía suya. Las lágrimas no dejaban de salirle. El rostro se le endulzaba. Yo la desconocía. Creo que por eso me gustaba, ella, ahí, seguir estando, ser el último que le quedaba, aunque a veces pareciera que me odiaba, me gustaba estar ahí cuando ya nadie la acompañaba al panteón.

Afuera, las personas se juntaban alrededor de las tumbas de sus muertos, algunos llevaban fara fara. Con acordeón, bajo y bajosexto se soltaban a extrañarlos. Otros hacían día de campo y comían tacos en tortilla de harina, carne asada, barbacoa, gorditas de chicharrón, lo que hubieran llevado. A la entrada se ponía el puesterío. Vendían de todo, desde agua embotellada hasta ramos de flores. Te encontrabas la comida que te puedas imaginar, tostadas de frijoles, elotes cocidos, yukis para el calor, tacos de olla, de todo, de todo. A veces pedía que me compraran algo, y si había suerte se me hacía, una paleta de hielo, un algodón de azúcar. Era como ir a la feria, como una kermés, pero una donde tenías que llorar o ver llorar a los demás. Poner cara triste. Guardar silencio. Hacer como que rezabas.

Allí me pasé los años
y me encontré mi primer amor,
y fueron los desengaños
los que mataron ya mi ilusión.

Nunca me pregunté si la entendía o no. O si debía intentarlo. La canción le llegaba al fondo del corazón, le rompía el alma. Güela Librada cantándole a lo que más amaba en el mundo, a eso que había perdido hacía muchísimo tiempo, y a mí se me hacía que nunca más había sido feliz, y por eso era como era.

Sentía su voz, la escuchaba, me llegaba muy dentro lo que en la vibración le brotaba del alma. Tampoco puedo decir que en ese momento la quería más. Era que se me olvidaba todo, todo lo que pasaba. Olvidarnos es la única manera que tenemos los que no nos podemos defender, de fingir que no nos pasan las cosas que nos pasan. El coraje que le daba el que todos la abandonaran, empezando por sus papás. Era que la veía de lejos, como si se tomara un descanso de ser ella. Era un momento para descansar uno también de las cosas que carga todo el santo día.

Malhaya los ojos negros
que me embrujaron con su mirar.

162

Si nunca me hubieran visto
no fueran causa de mi penar.

Quién se podía acordar entonces de su mirada
de marcar caballos.

Cantaba, perdida la vista en el poquito cielo que
se dejaba ver por la ventana pequeñita de la casa
que construyeron encima de las tumbas. Cuando
estaban todos, nos ignoraba a todos. Luego nomás
a mí.

Cuando Güela Librada bajaba la mirada, cuando volvía de donde se había ido, se le nublaban más
los ojos, se le desbordaba la tristeza. Como en misa
de cuerpo presente. Parecía que mi bisabuelo y mi
bisabuela estaban ahí postrados, que apenas habían
empezado a enfriarse, que todavía no había apren-
dido a dejarlos ir. Los ojos se le iban oscureciendo,
como si los siguiera en su camino al fondo de la
tierra, contagiándose de la oscuridad que cubre a
los muertos, llenándose de ella, quedándosele el
alma en la soledad de la tumba.

Ya es hora, vente, Chaparro.

Entre puro tronido de huesos se puso de pie, se
sacudió las rodillas y nos fuimos.

No me dio la mano. Ya no era tiempo. No le
quedaba nadie a quién llevar, ni tampoco quedaba
nadie quién me llevara. Al verla caminar delante de
mí en los andadores de tierra roja, tuve la impresión
de que los dos nos movíamos ya sin ganas, los dos
igual de perdidos, con lo mejor de nosotros bien
lejos, allá en un lugar al que no podríamos llegar
nunca.

Que los tenían en un hotel, prisioneros, aquí
  no muy lejos, amontonadas como perros en
  sótanos o casas metidas en el llano.
Que nomás esperaban a que apareciera el par
  de alacranes para hacer el trato.
Dinero por gente.
Lo suyo por lo de ellos.
Lo de ellos por lo nuestro.
Lo suyo por lo que nunca podrá tener dueño.
Lo que les debían multiplicado por un número
  maldito que nadie que esté cuerdo en este
  pinche mundo podría contabilizar.

Decíamos muchas cosas, pero la verdad es que
  sabíamos que era pura puñeta mental, para
  consolarnos, para no pensar lo peor, para no
  saber.

Pero bien sabíamos
que lo que se llevan ya no vuelve.
Que no saben bajar la cabeza y ver a los que se
  llevan entre las patas.
Que la cosa estaba jodida ya y para siempre.
Que no nomás había un par de alacranes,
eran muchos,

Hay uno o hay muchos
por cada agujero que se abre en la tierra.
No tienen alma.
Viven de su propio veneno.
Vienen de muy lejos.
Del infierno.
De allá, de debajo de la tierra.

Los brazos me dejaron en el suelo. Después de mucho andar en la caja de una camioneta, rodeado de hombres que iban todos en silencio, recargados en sus armas largas, habías llegado.

Llegamos, dijo alguien.

Había otras camionetas ahí. Otras personas bajaban a más personas de las cajas, las acarreaban, las bajaban a empujones y mentadas de madre.

Para qué, para qué, pensaba, si todos ya estábamos cagados de miedo.

Y que me cargan y me alzan. Me meten a una casa y me dejan, hasta eso, despacito en la tierra.

No alcanzaba a ver nada de tan oscuro que estaba. Aunque sabía que habíamos varios ahí.

Todo me dolía. Empezaba a acordarme del árbol y la caída, de la corretiza, y otra vez del miedo. El alma del arma apuntándome.

¿Qué chingados andabas haciendo en la calle, morro pendejo?, dijo desde la oscuridad sin cuerpo una voz como de boca que mastica vidrios.

¿Qué se te perdió en la calle a esa hora, cabrón? Contesta, me decían, me hablaban, insistiendo.

No lo pensé, nomás dije que mi papá y mi mamá se me habían perdido.

¿Desde cuándo?, dijo después de un rato.

Desde toda la vida.

Silencio. Luego un desconfiado, ah chingado, y eso cómo es.

Güela Librada me dijo que viven en Los Arroyos, por eso vine, luego la niña…

¿Cuál niña, morro pendejo? Jefe, no había nadie…

O sí había y se te peló.

Le juro…

Cállate el hocico.

Y yo, mientras, seguía hablando, por encima de su discusión, porque sentía que no había nada más que hacer y porque quería saber cómo había estado el plan y en dónde mero me había equivocado y entonces había ido a dar ahí, entonces dije que el frío, la casa atascada de muebles, los ronquidos en el cuarto tapado…

¿Chaparro?

Reconocí la voz de don Seras, bien cerquitas, a mi lado izquierdo.

Aquí me trajeron los gritos, dijo, precisamente hoy volvieron, sin que le temblara la voz lo dijo, sereno como siempre ha sido, pero creo que era para que yo me tranquilizara aunque fuera un poco.

Para qué me quieren, para qué a ver, preguntó una señora del otro lado, a mi derecha, hasta entonces yo no había sentido que estuviera ahí. Si ya lavé dos veces los pecados, lo hice pero me arrepentí y pedí perdón y todo quedó olvidado, y desde esta última vez ya todo se va a quedar como lo dejen, dijo, y empezó a llorar, o volvió a llorar, porque me di cuenta entonces que ese vaivén que había estado oyendo era su llanto contenido, apenas respirado.

Todos piden razones, dijo la voz vidriosa.

Y es lo que menos hay, le contestó otro de los de aquel lado.

No se la quiebren. Es el nombre o el apellido, para la venganza del jefe.

Es el mugre destino o la puta suerte.

Todos piden razones, dijo otra vez, y lo que no quieren saber es que en realidad siempre hay una.

Nos íbamos a morir. En ese momento.

Nada había que hacer.

Ni para dónde correr.

Ahí y ahorita. Y ya. Te callas.

Me arrastré un poco para buscar la mano de don Seras en la oscuridad. Lo agarré fuerte todo lo que pude.

Luego lo jalé un poquito y con la otra mano busqué la de la señora que lloraba, a la que no conocía pero con la que estaba a punto de tener un lazo tan fuerte que iba a servir para entrar juntos a la muerte.

Estaba entre que rezando y llorando. Quise que sintiera toda la serenidad que me pude encontrar en el cuerpo, que no era tanta, pero que debía alcanzar para el trago amargo.

Me abrazó. Ella primero, llorando, dijo, dónde está dios, pobres de nosotros, pobre de ti, niño.

Luego don Seras. Me abrazó.

Ay, Chaparro, nos llegó juntos. No me sueltes, mijo.

Sentí algo raro, ajeno. Como una nostalgia por algo que tenía y que ya nunca más iba a ser. Eso. El abrazo de la señora y de Seras me enmarcaba, me envolvía. Me veía yo, en medio, y no podía decir nada. Ahí había algo. Encontrado o dado. Buscado o ganado. Algo mío, para mí. Algo que ni la muerte.

Nos pusimos de pie, los tres, y nos quedamos viendo hacia la oscuridad.

¿Solos o necesitan ayuda?, preguntaron.

Es un niño, señores, protestó don Seras, y fue la última vez que dijo nada.

De la negra niebla que nos envolvía, allá a lo lejos, a dos vidas de distancia, surgió una llamarada, como gritos de luz hambrienta, algo como un puño hirviendo nos alcanzó a los tres, y digo que a los tres porque nos derrumbamos al mismo tiempo, árboles alcanzados por el mismo rayo, parecíamos conectados por la raíz, amarrados del mismo hilo a la vida, y al no encontrar el suelo detrás seguimos cayendo, sin ver, dejándonos allá arriba, porque ya casi no éramos lo que debíamos ser, así cayendo, así perdiendo el aire y todas las cosas que habíamos sido.

Dejé de oír las voces.

Dejé de sentir la caída.

Lo que podía hacer era ver.

Ver la oscuridad.

Que allá abajo parecía juntarse más, igual que el agua de la acequia que llega a inundar los campos, a anegarse en los sembradíos.

Se mezcla con la tierra, se hace gruesa.

Pues así.

Empezaba a estar viva.

Mientras yo, él, ella, nosotros, nos íbamos muriendo.

La oscuridad se cambia de lugar con uno. Ella es la que cada vez está más viva mientras uno se muere de trancazo.

Se vuelve todo.
Nos traga.
Nos recibe.
La oscuridad que es la misma pero es toda la del mundo y de la noche y de la soledad y de los ciegos.
Que morirse es quedarse sin uno mismo.
Que es desaparecer de todos lados.
Que es no saber.
No decir.
Sin voz.
Sin a quién.
Sin a dónde.
Solo.
Como nunca nadie ha estado.
Nunca.
Y para siempre.

Estamos lejos,
en un lugar donde no podemos alcanzarlos.
No es un hotel en el olvido, secuestrado por
    criminales.
No es una tumba que podamos visitar.
No es el cielo o el inframundo.
Estamos lejos.
Es oscuro y profundo.
Lejos de todos los lugares que nadie ha conocido
    y que todos conocieron.
Dentro de la ausencia.
Dentro de la noche.
Dentro de la tierra.
Tentando a ciegas la caverna.
Cada palabra que decimos por ellos quiere ser
    un segundo de luz que les diga que pensamos,
    que nos duele, que los extrañamos.
Siempre alguien de nosotros los recuerda, los
    busca, reclama a gritos a la vida que no estén.
Estamos lejos.
No nos olvidamos.
No podemos ni queremos.
Sin nosotros somos la mitad de lo que seríamos.
Sin nosotros esta voz nuestra es una sombra.
Sin nosotros no.

En esta voz que nos dice, que sabe quiénes
somos, hablamos nosotros también, cuando
sí, cuando todos, cuando hablamos desde el
sueño, desde la vigilia dura, desde el fondo de
lo que somos y seremos.
Desde el desierto y las piedras.
Desde las casas y las historias.
Desde la verdad y la mentira que se van a decir
de todo esto que vivimos
y de nosotros
que lo vivimos
y no sabemos bien a bien
cómo decirle,
qué decir,
y a quién.
Y para qué.
Si usted sabe,
dígalo:
diga para qué nos sirven
todas estas palabras.

Este libro se terminó
de imprimir en
Sabadell, Barcelona,
en el mes de
septiembre de 2020

MAPA DE LAS LENGUAS UN MAPA SIN FRONTERAS 2020

LITERATURA RANDOM HOUSE
La perra
Pilar Quintana

LITERATURA RANDOM HOUSE
Voyager
Nona Fernández

LITERATURA RANDOM HOUSE
Laberinto
Eduardo Antonio Parra

ALFAGUARA
Cadáver exquisito
Agustina Bazterrica

LITERATURA RANDOM HOUSE
Los años invisibles
Rodrigo Hasbún

LITERATURA RANDOM HOUSE
La ilusión de los mamíferos
Julián López

LITERATURA RANDOM HOUSE
Mil de fiebre
Juan Andrés Ferreira

LITERATURA RANDOM HOUSE
Adiós a la revolución
Francisco Ángeles

ALFAGUARA
Toda la soledad del centro de la Tierra
Luis Jorge Boone

ALFAGUARA
Madrugada
Gustavo Rodríguez

LITERATURA RANDOM HOUSE
Un corazón demasiado grande
Eider Rodríguez

ALFAGUARA
Malaherba
Manuel Jabois